29. Sept. 95

Herzlich gewidmet!

Sepp Kahn

Ein ganz normaler Fernsehabend

Die Deutsche Bibliothek – CIP-Einheitsaufnahme
Kahn, Sepp : Ein ganz normaler Fernsehabend und andere
Kurzgeschichten / Sepp Kahn [Ill. Martina Stöckl]
Schwaz : Berenkamp 1995
ISBN 3–85093–054–8

ISBN 3–85093–054–8

Druck und Bindearbeiten: Athesia-Tyrolia Innsbruck
Gedruckt in Österreich – Printed in Austria

Sepp Kahn

Ein ganz normaler Fernsehabend

und andere Kurzgeschichten

Illustriert von Martina Stöckl

Berenkamp

Inhaltsverzeichnis

GeschätzteR LeserIN!

Sie halten ein schräges Buch in Ihren Händen. Es ist das geistige Produkt eines Bauern, der – 1952 geboren – seine ersten Schreibversuche in der Volksschule Itter gemacht hat.
Bitte, beachten Sie folgende Gebrauchsanweisung:

1. Sie können das Buch aufbewahren, herschenken oder auch lesen. Es enthält Kurzgeschichten, die, bis auf eine, nicht sehr lang sind.
2. Das Buch zu lesen empfiehlt sich besonders nach einem Mißerfolg, bei Niedergeschlagenheit und bei Kummer jeglicher Art. Genauso kann es aber auch in heiter-ausgelassener oder normaler Stimmung gelesen werden.
3. Empfehlenswert ist, einige Geschichten zu lesen und diese dann auf sich etwas einwirken zu lassen …
4. Das Buch soll nach jedem Lesen geschlossen und – vor Feuchtigkeit, direkter Sonneneinstrahlung und Hitze geschützt – in einem überdachten Raum aufbewahrt werden.
5. Verleihen Sie das Buch nur in Ausnahmefällen. (Selten kommt es ganz zurück!)
6. Es genügt in der Regel, wenn Sie das Buch einmal jährlich abstauben. Wird es allerdings in staubintensiven Räumen (Tischlereien, Zimmereien, Heuböden usw.) gelesen und aufbewahrt, empfiehlt sich die monatliche Entstaubung.

Bei strikter Einhaltung dieser sechs Gebote sind das klaglose Funktionieren des Produktes sowie die erwünschte Massage der Lach- und Denkorgane zu erwarten.

Sepp Kahn

Frühling

Ein ganz normaler Fernsehabend

Ein trüber Tag. Endlich wird es Abend.

18 Uhr 40
Frau trägt Abendessen in Stube. Fernseher und übrige Familie sind auch in Stube.

18 Uhr 45
Gemeinsames Abendessen. Fernseher läuft. Kinder essen nur wenig. Film ist sehr toll. Gerade sind sie dabei, wieder einen umzubringen. Mann schaut auch, zeitweise auch Frau. Jüngster wirft Suppenteller auf Boden. Mann bemängelt, daß kein Bier dasteht. Frau wischt auf, holt Bier. Essen erfolgt lustlos.

19 Uhr
Mann schaltet um, will „Tirol heute" schauen. Kinder protestieren! Kleinere weinen, Größere schimpfen. Frau stellt sich heute auf Seite der Kinder. Mann gibt nach. Knurrt etwas. Trinkt Bier aus, verläßt Stube.

19 Uhr 15
Film ist aus. Frau räumt ab. Kleinere müssen nun schlafengehen, Größere begeben sich Richtung Zimmer. Haben allerdings auch dort Fernseher. Mann

kommt zurück, hat Bier mit, macht es sich auf Diwan gemütlich, streckt sich aus.

19 Uhr 30

Frau hat Arbeit getan, kommt auch wieder in Stube. Da Diwan besetzt, macht es sich Frau auf Bank gemütlich. Beide schauen nun „Zeit im Bild“. Frau fängt nebenbei zu stricken an. Heimelige Stimmung kommt auf.

Nach Werbung, Wetter, Werbung, Sport, Werbung, Ansage, Werbung kommt nun Krimi.

Frau will anderen Film schauen.

Es wird Krimi geschaut!

Heimelige Stimmung verflacht etwas. Frau sagt nichts mehr. Mann schweigt.

20 Uhr 45
Frau strickt immer langsamer, fällt in kurzen Schlaf.

21 Uhr 05
Frau wird munter. Jetzt schläft Mann. Frau schaltet Fernseher ab.

Durch plötzliche Stille wird Mann munter. Ist zuerst verwirrt, fängt aber bereits zu fluchen an. Will Krimi schauen! Frau muß wieder einschalten. Mann trinkt restliches Bier aus. Frau geht enttäuscht schlafen. Mann schaut Krimi, schläft nach kurzer Zeit wieder.

22 Uhr 30
Mann wird munter. Im Fernseher ist Tennis; schaltet um. Hier ist „Club zwei“. Mann begreift, daß Krimi bereits aus ist. Reibt sich die Augen, gähnt. Bierflaschen sind auch leer. Schweren Herzens wird Fernseher abgeschaltet.

22 Uhr 40
Mann beschließt sodann als letzter den ganz normalen Fernsehabend.

Führerscheinprüfung

Da wir günstig hinter ein Auto gekommen sind, mache ich jetzt den Führerschein. Sonst schnappen sie mich womöglich noch! Ich bin nämlich schon beim Probieren.

Dann hat der Kurs begonnen …

Oft ist er langweilig, manchmal lerne ich auch etwas. Zum Beispiel, daß man beim Anfahren Gas geben soll. Sonst würgt man ihn ab!

Fahrstunden brauche ich auch viele …

Mit dem Fahrlehrer, der ein nervöser Mann ist, mache ich einiges mit. Jede Verkehrstafel sieht er. Ich habe mit dem Lenken Arbeit genug.

Ja, also, und dann sollten wir – wir sind 23 – zur Prüfung antreten – auch ich.

Geschlafen habe ich schlecht – in der Nacht davor. Abends lernte ich noch ein wenig, und die Frau mußte mich ausfragen. Eine Weile ging es gut, dann gelang es ihr aber auf raffinierte Weise, mich abzulenken, und wir haben etwas anderes getan …

Ich bin trotzdem zur Prüfung angetreten …

Der Prüfer ist mir nicht unsympathisch. Er fragt mich eine leichte Frage, die Antwort weiß ich sofort.

Dann will er wissen, wieviel Promille man beim Autofahren haben darf? Ich denke scharf nach … „Null-komma-Josef“, will ich beinahe sagen, doch dann gehe ich auf „Nummer Sicher“ und erkläre ihm: „Unter dem Autofahren soll man überhaupt keinen Schnaps nicht trinken!" Meine Einstellung imponiert ihm sichtlich.

Als nächstes muß ich eine ungeregelte Kreuzung auflösen. Von allen Seiten kommt ein Auto: von links ein Lastwagen, von rechts ein Polizeiauto, von vorne ein Postauto und von hinten ein normales Auto.

Das Postauto blinkt links, will also in die linke, von uns aus gesehen, in die rechte Seitenstraße, da, wo das Polizeiauto steht, einbiegen.

Das Polizeiauto blinkt nicht, auch das Blaulicht flackert nicht. Sie haben es also nicht eilig und wollen wahrscheinlich geradeaus weiterfahren. Da steht aber der Lastwagen, der auch links blinkt, also von seiner Straße in jene abbiegen will, die von uns aus die vordere ist, da, wo das Postauto steht.

Dann ist da noch das normale Auto. Dieses blinkt nicht, will also – von hinten nach vorne kommend – geradeaus weiterfahren, wo sich allerdings noch das Postauto befindet.

Um die Lage zu komplizieren, sind Verkehrstafeln aufgestellt, die die Straße, da, wo das normale und das Postauto stehen, in den Rang einer Vorrangstraße heben. Zudem verbietet auf der von links kommenden Nebenstraße eine Tafel das Rechtsabbiegen.

Wer darf nun zuerst fahren?

Jetzt heißt es, kühlen Kopf bewahren!

Kann ich die Rechtsregel anwenden?

Ich bin mir nicht mehr sicher.

Oder soll ich das Postauto und den Lastwagen tangential abbiegen lassen?

Aber das geht auch nicht, weil sie dazu falsch stehen. Da würde der Laster dem Postauto ja hinten hineinfahren.

Ich schaue einmal den Prüfer an. Der sitzt teilnahmslos da. Wahrscheinlich weiß er die Lösung selber nicht. Deshalb fragt er ja mich …

Aber wenn ich es auch richtig weiß, kann er, weil er es selber nicht weiß, immer noch sagen, daß es falsch ist.

Mir ist gar nicht mehr wohl zumute. Er hüstelt ein wenig.

Ich darf mir also nicht mehr viel Zeit lassen.

Also gehe ich mit Hausverstand vor: Das Postauto, wahrscheinlich sitzen Leute drin, die in die Arbeit müssen, das Postauto, sage ich, fährt als erstes. Weil es in die Seitenstraße einbiegt, wo das Polizeiauto steht, muß dieses zurückfahren, bis eine Ausweiche „hergeht". Als nächstes fährt dann das normale Auto, weil es von hinten nach vorne fährt und auch nicht abbiegt.

Der Prüfer hört aufmerksam zu …

Nun sind noch der Lastwagen und das Polizeiauto, das von der Ausweiche wieder vorgefahren ist, da. Weil nun Platz ist – und ich die Polizei nicht als letzte fahren lassen will –, lasse ich beide zugleich fahren. Siegessicher schaue ich den Prüfer an …

Der verzieht jedoch keine Miene. Danach dauert es nicht mehr lange.

Nächsten Donnerstag habe ich wieder Führerscheinprüfung.

Einweihung

Nachdem es letzten Herbst fertig geworden war, fand im Frühjahr die Einweihung statt. Es wurde eine große Einweihung. Sie dauerte drei Tage.

Die richtige Einweihung fing dann am dritten Tag um neun Uhr an.

Wir alle und viele andere von auswärts hatten sich schön aufgestellt. Der Lautsprecher war laut eingestellt, dann fing es an.

Auf dem neu asphaltierten Platz vor dem Gebäude fand die Feldmesse statt. Die zahlreichen Ehrengäste saßen auf Sesseln, die „Normalen" mußten alle stehen.

Der Pfarrer hielt die Messe – und eine lange Predigt. Dann segnete er das schöne Bauwerk. Vom Kirchenchor und von Bläsern wurde das Ganze feierlich umrahmt.

Danach hielt unser Kommandant eine kurze Ansprache. Er dankte dem Bürgermeister und uns allen.

Dann hielt der Bürgermeister eine Ansprache. Er erklärte, wie es soweit gekommen war, lobte unseren Kommandanten und dankte ihm und dem Baumeister, den Zuständigen vom Land und uns allen.

Dann hielt der vom Land eine Ansprache. Er gratulierte uns, lobte den Bürgermeister und sagte sonst noch allerhand.

Danach hielt der Höchste vom Bezirk eine Ansprache. Auch er beglückwünschte uns, hielt sich sonst aber kurz.

Dann hielt der, der drei Sterne und einen goldenen Balken über dem Unsrigen steht, eine Ansprache. Er lobte unseren Kommandanten, den Bürgermeister und uns alle.

Danach bekamen der Bürgermeister und einer, der es verdient hat, eine hohe Auszeichnung.

Dann hielt ein Auswärtiger eine Ansprache.

Einige Männer bekamen vom „So-lange-schön-Stehen" schon Kreuzweh und fingen langsam zu wanken an. Die Sonne schien sehr warm, im Mund wurde es immer trockener – und die Vorstellung von einem kühlen Bier ständig konkreter.

Als dann alle geredet hatten, sagten sie nichts mehr.

Zum Abschluß fand noch ein großer Umzug statt. An einer Stelle – da, wo die Ehrengäste standen – mußten wir in „Habt-acht-Stellung" vorbeimarschieren. Auch „Rechts schaut" war angesagt. Wir schauten also rechts und gingen in „Habt-acht-Stellung" geradeaus weiter.

Nun war die Einweihung aus, und wir freuten uns noch den ganzen Tag.

Jetzt kriegen wir einen neuen Tankwagen. In den Nachbardörfern haben sie ja auch einen.

Und wenn er da ist, werden wir ihn einweihen und wieder ein Fest feiern. Wozu sonst bräuchten wir einen Tankwagen?

Frühlingsspaziergang

Jedes Jahr im Frühjahr machen wir einen Frühlingsspaziergang. Da gehen wir dann alle zu Fuß. Nur der Kleinste, der noch nicht gehen kann, fährt mit dem Wagen – mit dem Kinderwagen, und der wird von meiner Frau geschoben. Wir spazieren also gemächlich auf dem Weg vor uns dahin. Die Kinder laufen – außer dem im Kinderwagen – manchmal vor und hinter uns, sind lustig, machen kleinere Luftsprünge ... Dann zeigt uns der größere Bub, was er gefunden hat. Einen Wurm! Er hält ihn an einem Ende in die Luft. Der Wurm stellt sich tot und hängt von oben nach unten. Die Mädchen und meine Frau graust vor dem Wurm, obwohl er relativ klein ist. Wir schimpfen ihn, den Buben, und er stellt ihn, den Wurm, wieder auf den Boden.

Dann – es geht stetig bergauf, und meine Frau schwitzt fast von dem Schieben – rasten wir auf einer Bank. Der Kleine im Wagen ist sehr zufrieden mit uns. Wir mit ihm auch. Er schaut so vergnügt heraus. Er heißt Hugo. Hugo ist ein sehr braves Kind. Ist ganz nach mir geraten! Hugo spricht noch nicht, versteht aber alles! Ja, hm ... Hugolein ... ta-ta-ta ... Hugo ist auch ein sehr schönes Kind. Wenn es ein Mädchen geworden wäre, hätten wir uns auch gefreut. Mädchen sind genauso Leute. Aber es ist ein Bub geworden.

Nach einer kurzen Weile, die schnell vergeht, spazieren wir wieder weiter. Jetzt geht der Weg da oben bei dieser großen Esche hinein. Drinnen geht er dann wieder herunter. Es ist sozusagen ein Rundgang. Rundgang ist vielleicht übertrieben, weil es um zwei Ecken geht.

Es gehen auch andere Leute spazieren, und manche schauen direkt verliebt drein. Zwei solche bleiben auch kurz stehen und bewundern Hugo. Sie haben noch nie so ein schönes Kind gesehen! Daraufhin gehen sie eilig weiter. Womöglich unternehmen sie jetzt auch etwas in diese Richtung …

Auch andere Spaziergänger loben unseren Kleinen – und zuletzt noch den flotten Kinderwagen. Es ist ein nagelneuer! Den alten, den wir bei den anderen Kindern gehabt haben, haben wir denen zum Spielen überlassen, weil wir ihn sowieso nicht mehr brauchen würden … Das kleinere Mädchen ist oft, mit der Katze drinnen, spazierengefahren. Dann haben die Buben den Wagen samt der Katze über einen Steilhang sausen lassen. Die Katze hat rechtzeitig Reißaus nehmen können, der Kinderwagen nicht. Unten ist er gegen einen Stadel gekracht und nur noch Müll gewesen. Und dann hat sich Hugo angemeldet …

Wir spazieren also mit dem neuen Kinderwagen und den Kindern da oben hinein und freuen uns. Weil es nach Regen ausschaut – es kommen auch schon Tropfen von oben – müssen wir uns zuletzt sogar noch beeilen.

Als wir wieder daheim sind, setzen wir uns nieder, schnaufen zwar ein wenig, haben aber den herrlichen Frühlingsspaziergang sehr genossen!

Entstehung und Verlauf eines Raufhandels

Ort des Geschehens: Vordere Gaststube.
Zeitpunkt: zirka 22 Uhr.
Beteiligte:
Erster Mann: ungefähr 30 Jahre, mittelgroß, untersetzt, Scheitel rechts, Ansatz einer Glatze, bekleidet mit heller Jacke, Blue jeans, ohne Hut. Gesamteindruck: nicht ungepflegt.
Zweiter Mann: zirka 35 Jahre alt, eher groß, Brillenträger, Scheitel in der Mitte, bekleidet mit kariertem Sakko, dunkler Hose – mit Bügelfalte –, Krawatte keine! Gesamteindruck: gebildet.

Beide sitzen einander zuerst vergnügt – neben anderen Leuten – gegenüber. Auf dem Tisch steht Wein. Beide trinken soeben sechstes Viertel. Plötzlich hört man – wir sitzen am Nebentisch beim Kartenspiel – die beiden laut streiten. Streit verstärkt sich. Auf einmal klatschendes Geräusch. Untersetzter hat Gebildetem eine saubere „Watschn" verpaßt. Brillenträger trägt Brille nicht mehr. Wir unterbrechen Kartenspiel, richten uns zum Schauen.

Gebildeter stichelt, trotz konsumierter „Watschn", Zorn seines Gegners weiter an, nennt ihn Gartenzwerg. Da explodiert erster Mann. In Sekundenschnelle steht er auf Bank und stürzt sich über Tisch auf Gebildeten. Gläser und Flaschen fallen um, Wein und Bier spritzen auf Hosen und Röcke – am Tisch sitzende Damen fangen zu schreien an, gehen in Deckung.

Raufende wälzen sich auf Boden. An die 30 Gäste bilden Kreis um die beiden, feuern sie an. Raufende stehen wieder. Untersetzter bringt Magenhaken an, Gebildeter landet Schwinger. Gegner weicht zurück, hat plötzlich Bierflasche in der Hand, wirft sie nach anderem, dieser duckt sich – Flasche trifft Zuschauer in Kinngegend. Mit Erstaunen in den Augen geht Zuschauer wortlos zu Boden … Raufende lassen sich dadurch nicht drausbringen. Zuschauer ziehen beschädigten Zuschauer zur Seite, bilden dann wieder Ring um die beiden. Raufen-

de haben kaum Platz zum Raufen. Auch Küchengehilfin kommt Schauen. Sieht wegen der vielen Leute jedoch nichts. Geht verdrossen wieder in Küche zurück …

Plötzlich erscheint Wirt. Gehört nicht zu den Schwachen. Wirft beide hinaus! Zuschauer setzen sich enttäuscht wieder nieder. Einige schauen hinaus ... berichten aufgeregt, daß es draußen weitergeht. Gaststube leert sich …

Im Licht der Freilampe schlägern beide weiter. Wirken allerdings schon etwas müde. Sind auch bereits gezeichnet. Untersetzter blutet aus Nase. Gebildeter aus zahnlosem Mund. Auch Kleidung und Scheitel sind etwas verrutscht.

Erste Befürchtungen, sie könnten aufhören, bewahrheiten sich nicht. Beide holen zum vernichtenden Schlag aus, krachen zusammen, daß es eine Freude ist. Helle Jacke und kariertes Sakko leiden stark unter den Tätlichkeiten. Auch Hose weist nicht mehr exakte Bügelfalte auf. Plötzlich erscheinen zwei – wahrscheinlich telefonisch verständigte – Gendarmen. Raufende hören nur ungern auf, werden mitgenommen.

Zuschauer gehen unzufrieden wieder etwas trinken.

Wir setzen unterbrochenes Kartenspiel fort …

Autokauf

Wir kaufen uns ein neues Auto. Wir haben zwar schon eines, aber das ist nicht mehr neu. Weil wir es schon mehrere Jahre haben. Eigentlich ist es noch älter, weil es schon beim Kauf ein „Gebrauchter" war. Aber jetzt kaufen wir ein neues!

Ich mache mich fertig zum Fahren. Da will auch meine Frau mitfahren – einfach so. Also fahren wir.

Geld nehme ich keines mit. Weil wir gar keines haben.

Dann sind wir beim Autohaus. Wir steigen aus und „schauen Auto". Sie schauen schön her und stehen alle auf vier Rädern. Sonst verstehe ich allerdings nichts von Autos.

Ein Mann muß uns bemerkt haben; jedenfalls sind wir nicht mehr allein. Er will uns behilflich sein. Schauen können wir aber allein auch. Ich bücke mich und schaue einmal *unter* ein Auto. Da glauben sie dann, man versteht etwas davon. Sonst hängen sie dir womöglich einen Fiat für einen Audi an. Einmal ist es mir schon beinahe so gegangen. Aber das ist schon lange her. Ich ging in der Früh einen VW kaufen und brachte abends einen Skoda heim. Meine Frau hat ganz schön geschaut. Dann hat er uns aber doch sechs Jahre ausgehalten, der Skoda. Danach war er nichts mehr wert. Beim Stallneubau haben wir ihn dann eingegraben.

Jetzt sind wir also beim Autoschauen. Ganz klein soll er auch nicht sein. Beim Nachbarn haben sie einen mittelgroßen. Einen großen brauchen wir jedoch nicht mehr. Einige Kinder sind schon in dem Alter, wo sie einem nicht mehr immer mitfahren. Bleiben also nur noch die Kleineren. Früher war unser Auto meistens gut ausgelastet. Fünf Kinder – und wir zwei. Einmal nahmen wir auch noch die Schwiegereltern mit. Beim Firmungsausflug!

Zum Glück hielt uns kein Gendarm an. Das rechte Hinterlicht wäre nicht gegangen ...

Wir sind also beim Autoschauen. Rot oder blau métallisé muß er sein.

Wir werden ihn oft vor dem Haus stehen lassen. Wir haben zwar eine Garage, aber da sieht ihn dann niemand ...

Ob der Nachbar sein Auto überhaupt schon bezahlt hat? Wir glauben es nicht. Woher soll er es denn nehmen? Was allein schon dem seine Frau verpraßt! Jedes Jahr kommt sie in einem neuen Kleid daher! Und erst die Frisur! Ja, so eine Frau kann dich ruinieren. Vermutlich haben sie erst ein paar Raten bezahlt ... Dabei bräuchten die gar kein eigenes Auto. Er ist nämlich bei der Bahn! Da fahren sie doch gratis. Auch die Kinder. Jetzt ist schon das dritte unterwegs – alles Gratisfahrer!

Und da soll dann die Bahn Profite machen – wo die einen halbumsonst und die anderen ganz gratis fahren wollen!

Aber warum aufregen?

Wir lassen die Bahn Bahn sein – und kaufen uns jetzt ein neues Auto!

Auf dem Fußballplatz

An einem Sonntag ließ ich mich überreden, mir ein Fußballspiel anzuschauen. Bei einem Ausgang gingen wir hinein!

Dann kamen die Spieler, an die 20, alle in einer Zweierreihe, auf das Feld. Den Schiedsrichter, der wohl aufkeimende Streitigkeiten schlichten soll, ließen sie ganz allein einen Ball, eine Uhr und ein „Wischpä" tragen. In der Mitte machten sie dann eine lange Reihe, und beide Mannschaften brüllten kurz etwas.

Daraufhin hat der Schiedsrichter aus purem Übermut einen Schilling in die Luft geworfen. Da er aber merkte, daß ihn zwei Spieler beobachteten, fing er ihn wieder auf.

Nun wurde das Spiel eröffnet. Die anderen Spieler waren an den gestreiften Leibchen zu erkennen, die unseren waren alle blau. Wir setzten uns, und es stand 1:0. Der Tormann, der keinen hineinlassen sollte, stand in der linken unteren Ecke – und sie schossen in die rechte obere. Er konnte also nichts dafür. Unsere Spieler durften nun als erste wieder dreinstoßen.

Zeitweise entstanden richtige Kämpfe um den Ball. Dann hörte ich einen „Schön ins Loch gespielt!" schreien. Mir kam aber alles fast eben vor. Auch soll einer einmal „abseits" gewesen sein, obwohl – es wurde sehr viel auf unser Tor gespielt – keiner fehlte. Zur Halbzeit führte unser Gegner mit 2:0. Da wurde für „Bruder in Not" gesammelt. In der zweiten Hälfte spielten sie dann umgedreht. Die Beine der Spieler machten ganz schön etwas mit … Oft haben sie aber schon auch den Ball getroffen. Das Spiel wirkte sehr zerfahren und hektisch. Kein Wunder, wenn sie 20 jungen, starken Leuten nur *einen* Ball geben, daß sie fast rauften darum …

Wir standen einmal auf und gingen ein bißchen hin und her. Neben dem gegnerischen Tor, das sonst auch uns gehört, blieben wir ein Weilchen stehen. Ein Mann mit einer Fahne hat uns aber wieder abgejagt. Dann fiel ein anderer Spieler über einen unsrigen. Dafür bekamen sie einen Freistoß. Fünf Mann von uns machten eine sogenannte „Mauer". – So dumm möchte ich sein, mich genau in den Schuß zu stellen!

Nach einem Zusammenstoß in der Luft hat sich nun ein unsriger Spieler tot gestellt. Nach gutem Zureden und einem Schluck Almdudler ist er aber wieder aufgestanden…

Beim nächsten sogenannten Faul ist der Schiedsrichter wild geworden. Er zeigte dem Spieler sogar ein kleines rotes Kärtchen. Wahrscheinlich stand eine Gemeinheit drauf. Daraufhin wurde auch der Spieler wild, kehrte dem Schiedsrichter den Rücken und ist einfach abgegangen …

Nach ungefähr eineinhalb Stunden waren dann alle müde genug und haben wieder aufgehört. Ich war zwar nicht müde, bin aber auch nicht mehr geblieben!

Ein vergnüglicher Abend

Heute abend werden wir wieder einmal Ernst machen. Wir freuen uns schon darauf. Wir haben es schon öfter vorgehabt, aber immer ist etwas dazwischengekommen. Letzten Freitag bin ich Wegversammlung gegangen, und am Samstag hat meine Frau stark gehustet. Da haben wir es auch wieder gelassen.

Aber heute ist es endlich soweit. Ich glaube, das letzte Mal ist schon lange her. Früher haben wir uns dazu oft Zeit genommen. Aber dann haben wir einen Fernseher gekauft und sind nicht mehr dazugekommen. Heute jedoch gehen wir!

Es ist ein modernes Kino. Sie spielen drei verschiedene Filme. Einen Zeichentrickfilm, einen Krimi und noch einen anderen – „Die heißen Nächte der…".

Den Zeichentrickfilm schauen wir nicht.

Den Krimi – ja, den Krimi, den könnten wir schon schauen. Obwohl, wenn sie recht viele umbringen – ob das das Schönste ist?

Und da wäre ja noch … Aber wenn sie womöglich so lasterhafte Sachen machen?

Wir beschließen: Ich stelle meiner Frau eine Frage. Weiß sie die Antwort, schauen wir den Krimi, weiß sie sie nicht, dann schauen wir den anderen …

Ich will keine zu heikle Frage stellen und frage sie: „Welchen Umfang hat der Mond?" Sie weiß es nicht. Ich weiß es auch nicht. Also kaufen wir die

Karten und ein Säckchen „gebrannte Aschanti", dann gehen wir hinein.

Knapp bevor der Film anfängt, sehen wir noch zwei Bekannte kommen. Wir drücken uns tief in die Sessel, und sie sehen uns nicht. Beide sind wir ein wenig schockiert, daß die sich einen solchen Film anschauen. Einen Sexfilm schauen die sich an! Obwohl sie gar nicht mehr so jung sind, und man meinen sollte, daß sie einmal gescheiter würden …

Nach der Werbung und Vorschau beginnt der Film. Es ist heiß im Kino, und ich knöpfe einmal die Jacke auf. Ein Mann und eine Frau … haben fast kein Gewand an; dann tun sie … ja, sie tun halt so. Und dann noch mehr. Wir schauen nur zu, weil wir schon da sind. Zuletzt ist der Film aus …

Draußen, beim dritten Haus, kaufen wir uns noch ein Eis. Und genießen den vergnüglichen Abend …

Der Neue

Unsere Gemeinde ist nicht groß. Es kennt fast jeder jeden – außer den neu Zugereisten.

Letzten Sonntag sahen wir so einen Neuen. Er kam mit einem schönen Auto und ging dann in die Kirche. Niemand von uns kannte ihn. Obwohl er irgendwo bei uns wohnen wird. Auch Hans kannte ihn nicht. Der kennt sonst jeden!

Heute – wir standen gerade auf der Kirchgasse und überlegten, ob wir nicht hineingehen sollen – da kam er wieder. Und ging in die Kirche. Ich folgte ihm unauffällig …

Er setzte sich in die siebte Reihe. Auf der Männerseite. Ich in die achte. Er kniete schräg vor mir. Nicht, daß ich ihn beobachtete, ein bißchen interessierte er mich aber doch. Wer weiß, was das für einer ist! Ein paar graue Haare hatte er auch schon … Wo sie den ausgelassen haben? Er trug einen beigen Mantel. So einen modernen, langen, wie sie sie heute haben … Von uns tragen nur die wenigsten einen solchen.

Dann nahm er ein Gesangsbuch und tat so, als ob er mitsingen würde.

Er trug keinen Ehering! Vielleicht hat er gar keine – oder er hatte ihn daheim im Nachtkastl! Seine Hände waren sehr gepflegt. Oha! Der hat wohl nie etwas gearbeitet! Ein solcher ist das also! Und doch fährt er ein großes Auto!

Der Mann wurde mir immer verdächtiger. Als der Kirchensammler kam, griff er in die Manteltasche und warf etwas in den Klingelbeutel. Ich hörte aber nichts!

Wenn ich manchmal einen Schilling hineinwerfe, dann hört man das!

Der wird doch wohl nicht einen „Zwanziger" hineingeworfen haben? Hat der überhaupt soviel Geld? Und wenn, woher? Oder – jetzt kam mir die Erleuchtung! Er hat nur so getan, als ob er etwas hineinwerfen würde. Er war also auch noch ein Scheinheiliger!

Bei der Wandlung bekreuzigte er sich und schaute andächtig drein. Doch! Was tut er denn jetzt? Ah, er holt ein Taschentuch aus dem Sack. Er hatte aber kein richtiges, großes, so wie wir, sondern nur ein kleines, papierenes. Damit schneuzte er sich.

Warum ist der überhaupt verschnupft? Hat er sich verkühlt? Wobei aber, wenn er vermutlich gar nichts tut? Hat er vielleicht doch „eine" daheim, und sie laufen immer halbnackt herum? Es geht mich ja nichts an, aber man macht sich halt so seine Gedanken ...

Dann ging er auch noch Kommunion. Hat der überhaupt gebeichtet vorher? Mit demütig gesenktem Blick ging er wieder in seinen Stuhl zurück.

Daß man sich nur so verstellen kann!

Gleich darauf war dann die Messe aus. Ich hatte zwar überhaupt nichts „derbetet", dafür aber diesen Neuen gründlich durchschaut.

Nun gingen wir alle zufrieden wieder aus der Kirche heraus und erfreuten uns an dem schönen Tag.

Gartenzwerge

Ein Gartenzwerg ist ein süßer kleiner Zwerg. Er kann auch ein größerer Zwerg sein, süß schaut er aber trotzdem aus. Meistens! Und lieb! Den Gartenzwerg gibt es in vielen Variationen. Am öftesten wohl mit Bart und Zwergenmütze. Mancher hält ein Werkzeug in der Hand, tut aber nichts. Er ist eben nur ein Gartenzwerg. Trotzdem erfreut man sich an ihm. Oft vier Jahre oder mehr.

Man kann sich auch zwei oder mehr Gartenzwerge halten. In der Anschaffung sind sie ja nicht teuer. Wir können sie uns schon leisten! Dann verteilt man sie im Garten. Oder auf dem Rasen. Sie bleiben stehen, wo man sie hinstellt, sind nicht fähig, sich zu verändern. Haben es auch gar nicht nötig. Sie stehen ohnedies auf den schönsten Plätzen. In der Stadt, auf dem Land – einfach überall.

Wir halten uns viele Gartenzwerge. Es werden immer mehr. Die alten schauen gewöhnlich noch gut aus, man beläßt sie also noch, und die neuen fügen sich harmonisch ein.

Gartenzwerge sind gefühllos, haben hohle Köpfe – oder tönerne. Von außen schauen sie aber süß aus. Man kann sich direkt verlieben in sie.

Glaubt man zuerst, der neue sei ganz anders, merkt man nach einiger Zeit, daß er den anderen doch sehr ähnlich ist. Es gibt sie auch als Pfeifenraucher. Oder als Arbeiter mit blauem Schurz. Die Pfeife bleibt jedoch kalt, und keine Arbeit geschieht. Auch mit Korb werden sie angeboten. Im Korb ist allerdings nichts drinnen. Er kann also nichts verteilen. Und wenn etwas drinnen wäre, würde er trotzdem nichts verteilen, sondern alles für sich behalten. Weil er ein Gartenzwerg ist.

Gartenzwerge sind zufrieden, weil sie meistens im Mittelpunkt stehen. Sie werden von vielen bewundert, obwohl sie nichts im Kopf haben. Den Winter verbringen sie meist im Warmen. Sie lassen sich hinein- und dann wieder hinaustragen! Mit der Zeit wird man das gewohnt.

Im Sommer stehen sie in der Sonne. Schwitzen aber nicht. Wegen einem Gewitter schauen sie auch nicht anders drein. Es kann ihnen nichts anhaben.

Gartenzwerge sind hart. Schauen jedoch süß drein, und lieb …

Alle Bevölkerungsschichten halten sich Gartenzwerge: Arbeiter, Bauern, Akademiker, sogar bei den Politikern trifft man zuweilen auf Zwerge.

Man ist fast stolz auf sie, zeigt sie her. Sie sind auch herzeigbar.

Es gibt sie in ganz normaler, fast farbloser Ausführung, viele sind aber auch schillernde Figuren. Haben allerdings tönerne Köpfe. Oder hohle.

Wir gönnen uns diese kleine Freude! Wir stellen sie immer wieder an die besten Plätze und erbauen uns an den lieben Gartenzwergen!

Krankenbesuch

Ein Bekannter von mir wollte zuerst nicht ins Spital gebracht werden. Doch als der Bauchweh immer ärger wurde, hat er nachgeben müssen. Sie nahmen ihm einfach den Blinddarm heraus! Daheim wäre das sehr umständlich gewesen …

Da ich sowieso in die Stadt mußte, die Uhr ist uns von der Wand herunter auf die Bank und dann noch auf den Boden gefallen und geht nicht mehr, beschloß ich, ihn heute aufzusuchen. Weil er ganz ein Süßer ist, kaufte ich ihm auch eine kleine Süßigkeit.

Dann war ich dort. Ich fragte den Portier, der hinter einer Glasscheibe saß, in die ein rundes Loch geschnitten war, wo er denn liege? Doch der wußte nicht, wen ich meinte, und ich erzählte ihm alles.… Ich mußte in den zweiten Stock. Da sah ich eine Schwester mit dem Lift fahren. Ich bin zwar noch nicht oft mit einem Aufzug gefahren, als ich einen Knopf hineindrückte, setzte sich der Lift jedoch in Bewegung … Danach bin ich dann aber doch zu Fuß vom Keller hinaufgegangen!

Jetzt war mir die Zimmernummer ausgefallen, und ich mußte noch einmal nachfragen. Dann war ich endlich im richtigen Zimmer. Mehrere Kranke lagen oder lehnten herum. Gleich der erste neben der Tür war mein Bekannter. Er erkannte mich. Es ging ihm also schon wieder ganz gut. Nun unterhielten wir uns. Langsam packte ich jetzt die sechs Bomben aus und legte sie ihm aufs Nachtkästchen. Später machte er mich aufmerksam, daß weiter hinten noch ein Bekannter liege. Ich ging zu ihm. Er war arg zugerichtet. Man erzählte mir, daß er zwei Rippen, eine Hand und das Unterkiefer gebrochen habe. Ich fragte ihn, ob es ihm gutgehe. Er nickte nur, denn sprechen konnte er nicht. Der Mann ist verheiratet. Seine Frau kam auch gerade zu Besuch. Ich erfuhr, daß er über die Kellerstiege neun Stufen hinuntergestürzt, dann aber zum Glück liegengeblieben war. Es wäre noch eine Stufe dagewesen!

Der Mann ist heuer überhaupt vom Pech verfolgt: Zuerst ist ihnen sein Vogel ausgekommen – er hatte ihn zum Vatertag bekommen –, dann wollte er den Gartenzaun neu machen. Er verfehlte den Pfosten nur knapp und hat sich selbst die Kniescheibe eingeschlagen. Der Freund seiner Frau hat ihn dann fertiggemacht, den Gartenzaun! Und nun lag er wieder da ... Ja, man muß halt schauen, wo man hinfällt. Es gäbe so viele ebene, weiche Plätze – aber er muß ja die Kellerstiege hinunterfliegen!

Seine Frau hatte noch einen Gang und fragte mich, ob ich mich nicht noch ein Weilchen mit ihm unterhalten könnte? Wie unterhält man sich aber mit einem, der nicht reden kann? Ich erklärte ihm, daß draußen die Sonne scheint ... und gestern ein Gewitter gewesen ist. Aber was ein Gewitter ist, weiß er ja selbst. Beinahe hätte ich ihm erklärt, daß es stark gedonnert hat. Für morgen sagt er Regen ... es ist nicht leicht, mit einem Stummen zu reden! Warum muß denn der Heini genau aufs Kinn fallen? Er hätte ja auch mit dem Hintern voraus hinunterfliegen können ...

Endlich kam seine Frau wieder. Ich wünschte ihm alles Gute dazu. Dann wandte ich mich wieder meinem ersten Bekannten zu. Der war gut aufgelegt und schwärmte von den feschen Schwestern.

Dann war die Besuchszeit um, und ich beschloß, auch nicht mehr zu bleiben. Hinunter nahm ich nicht mehr den Lift. Der Portier saß immer noch hinter der Scheibe. Vor dem Haus fühlte ich mich wieder wohler. Nachdem ich ins Auto eingestiegen war, fuhr ich mit demselben wieder nach Hause.

Ausschußsitzung

Die Sitzung begann kurz nach 20 Uhr.

Nachdem der erste Punkt ausgefallen war – die Streitenden vertragen sich inzwischen wieder – kamen wir zu Punkt zwei.

Da dieser Punkt bereits vom Obmann erledigt war, konnten wir ihn überspringen und kamen zu Punkt drei. Dieser Punkt wurde nun behandelt. Den vierten und fünften Punkt nahmen wir zusammen, und nach dem sechsten hatten wir keinen mehr.

Es war jetzt kurz nach halb zehn. Nun genehmigten wir uns ein Schnäpschen. Kurt bestellte sich ein Würstl. Als die Kellnerin es ihm brachte, wollten auch Hans und Emil eins. Als diese Würstl kamen, schafften wir uns alle eines an. Danach wollten wir schon beinahe heimfahren – da bezahlte aber Max eine Runde. Wahrscheinlich wäre er beleidigt gewesen …

Um halb elf spendierte Alfons eine Runde, weil er übermorgen Geburtstag hat. Es war die fünfte Runde … Dann kamen wir ins Politisieren. Vom Milchpreis bis zum Bundeskanzler haben wir alles durchgenommen. Da schaute ein Bekannter herein, sagte auch noch etwas Blödes. Langsam begann in uns Wut aufzusteigen. Ich wollte ihm schon eine schmieren, da ging er wieder. Es war das beste für ihn.

Um zwölf Uhr wollte die Kellnerin Schluß machen; wir wollten das schon lange …

Nach einer weiteren Runde, die Hugo bezahlte – seine Frau ist derzeit verreist – beschlossen wir, die Sitzung zu beenden und nach Hause zu fahren. Beim Aufstehen und Hinausgehen setzte kurzzeitig leichtes Schwindelgefühl ein …

Eine gewisse Schwierigkeit bestand nun darin, bei diesem kleinen Schlüsselloch das Auto aufzusperren. Doch als es ging, ging alles sehr leicht. In der Eile – ich wollte nicht zu spät heimkommen – erwischte ich zuerst fast den Rückwärtsgang. Die dahinterstehende Dujenreihe gab jedoch sofort nach. Ganz vorsichtig und fast vergnügt fuhren wir dann alle heimzu …

Maiausflug

Letztes Jahr haben wir unseren Maiausflug erst im Juli gemacht. Heuer fahren wir schon im Mai ab.

Das Auto wird sehr voll, und ich muß noch Luft aufpumpen. Sie sitzt vorne, direkt neben mir. Die Kinder und die Schwiegermutter haben wir hinten hineingetan.

Wir haben kein bestimmtes Ziel; es ist sozusagen eine Fahrt ins Blaue. Es regnet ein wenig …

Zuerst fahre ich zur Autobahn, dann lasse ich ihn einfach gehen …

Die Kinder sind sehr gut aufgelegt und spielen fangen. Ich sehe das nicht gern im Auto. Auch die Schwiegermutter leidet darunter.

In der Nähe von Kundl will eine Katze über die Straße. Sie hat uns allen sehr „derbarmt".

Obwohl wir mit über 100 dahinbrausen, werden wir von den meisten glatt noch überholt …

Auf der Höhe von Jenbach tut es hinter uns einen Knall, und das Auto ist plötzlich schwer zu lenken. „Sie" fürchtet sich und ist für's Anhalten. Auch mir paßt etwas nicht. Ich bleibe einfach stehen. In einem Hinterrad ist keine Luft mehr. Dafür geht ein kleiner Rauch auf. Wir alle wechseln das Rad. Dann fahren wir wieder weiter.

Hall fliegt an uns vorbei, wir kommen langsam nach Innsbruck.

Plötzlich bremst der vor mir. Ich erkläre meiner Frau gerade die Gegend. Obwohl ich nun auch bremse, komme ich ihm näher, als er von mir entfernt ist! Bis die Polizei kommt, haben wir gejausnet, danach ist mir allerdings der Appetit auf alles vergangen.

Endlich sind wir in Innsbruck. Ich wundere mich gleich über die freche Fahrweise der Städter. Besonders die Straßenbahnchauffeure sind sehr eigensinnig – sie geben keinen Zentimeter nach.

In der Stadt gibt es Verkehrszeichen, die wir bei uns gar nicht brauchen. Da fahre ich ganz allein eine Straße hinunter, und alle, die entgegenkommen, winken mir oder hupen. Mich freut das. Kenne aber keinen.

Auf dem Bergisel fragen wir nach dem Alpenzoo. Die Hirschen und Esel haben sie aber mehr auf der anderen Seite der Stadt.

Der Alpenzoo gefällt uns dann sehr gut ...

Heimzu fahre ich die meiste Zeit auf der Bundesstraße. Jetzt essen wir einmal alle eine Banane. Die Schalen tun wir in ein Säckchen, das wir dann beim Fenster hinauswerfen.

In der Nähe von Wattens halten uns zwei Gendarmeriebeamte auf. Auch ein Hinterlicht geht nicht. Ich weiß es schon. Das Birnchen habe ich nämlich für die Krippenbeleuchtung gebraucht. Sie finden noch einiges, und zuletzt muß ich ihnen ein paar Hunderter dalassen.

Gegen Abend kommen wir wieder heim, und ich freue mich noch gar nicht recht auf den nächsten Maiausflug!

Die Katze

Unsere Katze ist ein Haustier, hält sich aber meistens im Freien auf. Sie heißt „Mori“. Die Katze, die wir vor dieser Katze hatten, hieß auch „Mori“. „Mori“ fräße am liebsten Wiskas. Zum „Kosten“ haben wir ihr einmal eines heimgetragen. „Mori“ bekommt zweimal täglich Milch. Auch Mäuse frißt sie sehr gern. Im Sommer Feldmäuse, im Winter Hausmäuse. Unsere Katze hat schon dreimal zwei Mäuse auf einmal gefangen.

Wir hatten früher auch einen Vogel. Dann ist er uns ausgekommen und in der Küche umhergeflogen. Wir alle wollten ihn einfangen. Die Katze erwischte ihn als erste. Dann lief sie mit ihm in den Keller – und kam allein zurück.

„Mori“ ist kein Männchen. Im Frühjahr schreit sie sehr oft und laut. Dann kommen andere Katzen und schreien auch sehr oft und laut. Danach bekommt „Mori“ immer Junge.

Was „Mori“ nicht mag, das sind Hunde. Da steigt sie schleunigst auf einen Baum. Wenn keiner da ist, steigt sie nicht hinauf. In diesem Fall macht sie einen großen Buckel, stellt die Haare darauf zu Berge, fängt seitlich zu gehen an und „pfnast“ dabei. Einmal, da ist ein Hund mit einem Mann vorbeigegangen. Er hatte ihn nicht an der Leine. Da kam eine Katze um's Eck. Sie flogen sofort zusammen. Der

Hund – der ein scharfer Hund war – bekam die Katze beim Genick zu fassen. Nach ein paar „Schlinggerern“ war die Katze keine Katze mehr. Zum Glück war es die Nachbarskatze.

Unsere „Mori“ mag es nicht einmal, wenn sie die Kinder beim Schwanz aufziehen oder in der Tür einklemmen. Da wird sie immer zornig.

„Mori“ ist im Grunde grau, hat aber rötlich-braune Streifen über den Rücken, die sich verlängern bis quer unter den Bauch. Alt ist „Mori“ auch noch nicht. Nächstes Jahr wird sie um ein Jahr älter als vier Jahre. Wenn ihr nichts Arges passiert, kein großer Hund – oder kein Postauto drüberfährt, dann wird „Mori“ sicher sehr alt, und wir werden noch lange Freude haben an ihr!

Zusammenstoß

Unweit von uns geht eine Straße vorbei. Da fahren sie manchmal auch zusammen. Jetzt hat es zwar längere Zeit gedauert, doch heute ist es wieder soweit gewesen. Ein dumpfer, verdächtiger Knall hat uns aufhorchen lassen. Ich habe noch schnell eine Nudel mitgenommen, dann sind wir schauen gelaufen.

Als wir unten ankommen, rennen auch schon andere Leute daher. Mit großem Interesse schauen und staunen wir alle. Zusammengestoßen sind ein alter VW-Käfer und ein silberfarbener Fiat mit Dachträger.

Aus dem Fiat kriecht ein bleicher Mann mit zittrigen Knien. Vorne steigt leichter Rauch auf. Er sagt nichts, setzt sich einfach an den Straßenrand.

Ich schaue ihn mir einmal genauer an. Ein bißchen nasenbluten tut er. Ich frage ihn, ob alles in Ordnung ist. Doch er sagt nichts. Vielleicht ist er überhaupt ein unfreundlicher Mensch!

Die zwei aus dem VW sind da ganz andere Leute! Er flucht, und sie schimpft. Sie klauben die Sachen zusammen, die aus dem Koffer, der vom Dachträger heruntergestürzt ist, herausgefallen sind. Es sind dies eine beige Krawatte, ein oranger und ein hellblau getupfter Pyjama, zwei weiße Blusen, grün gestreifte Socken, einige Hosen und noch mehr solches Zeug. Wahrscheinlich wollen sie irgendwo „über Nacht liegen".

Beim Fiat hängt auf der rechten Seite das Vorderlicht heraus, die rechte Tür ist arg verbogen, und auch das rechte Seitenfenster hat einen Sprung. Der VW-Käfer weist eine verbogene Stoßstange auf, auch ein zerstörtes Licht und eine kleinzersprungene Windschutzscheibe.

Die Zuschauer werden immer mehr. Wir stellen Vermutungen an, wer wohl der Schuldige sein mag. Plötzlich ist die Gendarmerie da, und die Rettung auch – es wird schon jemand angerufen haben. Wir werden ein wenig abgedrängt, sehen aber alles noch genau.

Der Mann, der nichts sagt, will zuerst gar nicht mitfahren, sie nehmen ihn dann aber doch mit.

Dann müssen wir noch einmal zurückweichen, weil die Gendarmen die Bremsspuren abmessen. Nach einiger Zeit dürfen die anderen Autos weiterfahren. Es hat sich direkt ein Stau gebildet, was von uns vor lauter Schauen gar niemand bemerkt hat. Somit ist der Unfall auch schon fast vorbei. Es ist dies ja nur ein einfacher Unfall – aber letztes Jahr, da hat es einmal ganz schön ausgeschaut!

Vor fünf oder sechs Jahren, da ist es uns einmal gutgegangen. Da ist ein Kuchenauto über die Böschung gefahren und hat umgeworfen. Wir haben eine Woche süß gelebt …

Als wir heimkommen, ist das Essen zwar kalt, wir haben dafür aber fast als erste einen Zusammenstoß gesehen.

Politik

Politik ist … Politik ist so eine Sache.

Für viele eine Nebensache.

Für Politiker eine Hauptsache.

Die leben dafür, ernähren sich sogar von ihr. Nicht direkt von der Politik, aber die Politik ermöglicht es ihnen zu leben. Manche leben sehr gut davon.

Jeder, der es will und sich durchsetzt, kann Politiker werden. Es gibt da keine Aufnahmeprüfung. (Sonst würden ja nur noch gebildete Leute in die Politik kommen!) Manche schaffen es sogar, in die ganz hohe Politik einzusteigen. Obwohl sie zuerst ganz einfache, normale Leute waren.

Nicht alle Politiker werden vom Volk geliebt. Sie sind aber da, und man wird sie nur sehr schwer wieder los.

Ein Politiker hat immer einen dichtgedrängten Tagesablauf: Sitzungen, Vorträge, Eröffnungen, Einweihungen – und in den Pausen Diskussionen. Oft hat einer auch noch einen Beruf und Familie. Oder ist in einem Untersuchungsausschuß tätig. Gelegentlich passieren nämlich Ungereimtheiten, die dann untersucht werden müssen. Zum Beispiel: Wenn eine Küche aus allen Fugen gerät, oder, wenn ein Hotel schneller als das Ansuchen gebaut wird, und so weiter. Je länger untersucht wird, desto weniger finden sie meistens heraus. Zu gewissen Zeiten, es kommen immer wieder solche, müssen Politiker – oder solche, die es werden wollen – besonders nett sein zu den Leuten. Sie gehen dann hinaus, halten Versammlungen ab, erzählen etwas Schönes und hören sich geduldig die Anliegen der Leute an. Notieren diese oft sogar. Müssen sich allerdings gelegentlich auch unflätige Worte anhören. Dürfen dabei aber nie in denselben Ton verfallen – nein, sollen sogar gütig und liebenswürdig antworten.

Es ist heutzutage nicht mehr leicht, Politik zu machen.

Da gibt es, wenn eben Politiker neu bestellt werden, oft noch Mitbewerber, die auch Politik machen wollen. Oft viele Mitbewerber. Obwohl nur einer oder höchstens zwei Platz haben ... Jeder behauptet aber, es besser zu können. Und glaubt es auch noch selber! Da gibt es danach oft betretene Gesichter.

Ohne Politik geht es jedoch auch nicht. Ein ungelenktes Wirrwarr würde ausbrechen.

Wir haben ein gelenktes Wirrwarr!

Aber erfreuen wir uns an der Überzeugung, daß Politiker den Überblick nicht verlieren, weil andere sich später im Rückblick fragen werden, ob ihnen im Augenblick nicht nur der Weitblick, sondern auch der Durchblick abhanden gekommen ist.

Wahlgang

Alle vier oder fünf Jahre gibt es bei uns eine Wahl – wenn der Nationalrat, der Landtag und sonst so ein Körper nicht schon früher aufgelöst wird. Da können dann alle, die ein gewisses Lebensjahr erreicht haben, wählen gehen. Das Ergebnis wird auch im Fernsehen übertragen.

Aber schon Monate davor spürt man, daß etwas im Gange ist.

Die Kandidaten werden ermittelt, dann vorgestellt. Livediskussionen finden statt. Meistens sind das jedoch nur Meisterschaften im Erfinden der ausweichendsten Antworten auf Moderatorenfragen. Auch Kosenamen für die politischen Gegner werden erfunden. Es wird viel geredet, aber kaum etwas gesagt.

Bei uns gibt es hauptsächlich Rote, Schwarze, Blaue, auch Grüne und noch ein paar andere. Jeder behauptet fast immer das Gegenteil von dem, was der andere sagt. Obwohl sie oft das Gleiche meinen.

Wenn man in Wahlzeiten mit dem Auto unterwegs ist, sieht man das auch. Die eintönige Landschaft wird aufgefrischt durch farbenfrohe Plakate. Darauf stehen Slogans oder kunstvoll gestaltete Köpfe. In Wirklichkeit sind sie ja selten so schön. Diese herrlichen Aluminium- oder Holzplakatständer stehen überall – in der Wiese, auf dem Gehsteig, auf dem Dorfplatz, entlang der Straße. Zuweilen sieht man dadurch diese unschönen Vorrang-, Stop- oder sonstigen Verkehrstafeln kaum mehr und kann bedenkenlos und ohne lange Wartezeit in jede Kreuzung einfahren.

Skeptiker weisen manchmal darauf hin, daß die Plakate kaum etwas bringen und den Wahlkampf nur verteuern. Aber erstens: Die anderen tun es auch. Und zweitens: Kann man es den Politikern verübeln, wenn sie gerne von den Plakatwänden herunterlächeln? Und die Kosten? Wenn wir ein paar auf den Mond schickten, käme das noch viel teurer!

Regelmäßig werden auch Meinungsumfragen von diesem oder jenem Institut bekanntgegeben. In einigen Fällen soll es sogar schon passiert sein, daß sie den Trend richtig errechnet haben.

Wenn dann der Wahlkampf zu Ende geht, jeder Gegner bis ins Detail zerlegt, seine Schwächen aufgezeigt und somit vernichtet ist, wartet man gespannt auf den Wahltag.

Am frühen Abend gibt es schon die erste Hochrechnung. Mit ziemlicher Sicherheit weiß man nun, wer feiern kann und wer nicht. In Sondersendungen und in „Zeit im Bild“ sind sie dann alle da; die Sieger geben strahlend zu, daß sie gewonnen haben, und danken dem Wähler. Der Verlierer behauptet zähneknirschend, auch gewonnen zu haben. Man findet von früher her nämlich immer ein noch schlechteres Ergebnis. Der Dank an den Wähler wird auch hier nur selten vergessen. Analysen von gescheiten Leuten runden noch einige Tage ab.

Freuen wir uns also – mit den Politikern – auf den nächsten Wahlgang!

Festtag

Heute ist ein ganz normaler Sonntag. Er wird von uns aber zu einem Festtag erhoben. Wir gehen heute nämlich essen! Alle! In einen fremden Ort! Wir freuen uns sehr!

Zum Muttertag habe ich meiner Frau schon nicht viel gekauft – eine Schachtel Bonbons, die wir dann zusammen aufgegessen haben –, weil ich schon damals vorgehabt habe, die ganze Familie einmal zum Essen einzuladen.

Heute ist es soweit!

„Zu Kirchen" sind wir – zwar nicht alle – gewesen, jetzt richten wir uns schön her. Weil wir alle „Kopf gewaschen" haben, stehen wir jetzt beim Fön an. Der zweite, den wir besitzen, geht leider nicht. Dieses Warten! Die Mädchen brauchen extra lang! Auch die Frau steht ihnen kaum nach. Aber man weiß ja, wie sie sind! Sogar die neue Gesichtscreme kommt heute zum Einsatz …

Dann beginnt das Anziehen …

Endlich stehen wir alle da. Die Frau im grünkarierten Kostüm und den neuen, gelben Schuhen, ich im Trachtenanzug. Auch die Kinder sind sauber beisammen. Also fahren wir.

Bei einem Gasthaus haben wir schon früher ausgemacht, daß wir heute kommen. Der Reihe nach gehen wir hinein …

Eine Kellnerin weist uns den Platz an. Es ist schön gedeckt, und wir setzen uns vorsichtig. Daraufhin bringt sie uns die Speisekarten – für jede Person eine eigene – und fragt, was wir trinken wollen. Wir sagen es ihr: Die Kinder fünf Almdudler, die Frau einen Apfelsaft gespritzt, und ich einen „Radler". Dann vertiefen wir uns in die Speisekarten …

Jetzt sind wir schon beim Essen. Die Suppe haben wir uns „geschenkt", dafür darf sich ein jeder danach ein Eis bestellen. Wir passen gut auf, daß uns nichts auf die Hose oder auf das Tischtuch spritzt. Die Frau hat sich – und ein paar Kindern, die es sich gefallen lassen – die Serviette auf den Schoß gebreitet.

Gut schmeckt alles. Verträumt kauen wir dahin. Mich freut es, daß ich ihnen eine Freude machen kann. Und sie freut es anscheinend auch alle, daß ich ihnen eine Freude gemacht habe.

Ein Bub schmatzt ein bißchen, läßt es aber wieder. Den Almdudler haben sie schon fertig. Jetzt wollen die Größeren eine Cola. Nun auch die Kleineren. Ich erkläre ihnen, daß eine Cola für Größere nicht gut und für Kleinere direkt schädlich sei. Daraufhin wollen sie erst recht eine. Ja, also … Die Frau nickt milde – da gebe auch ich nach.

Dann ist die Hauptspeise aufgegessen. In dem Moment fällt eine Cola um. Ein brauner Fleck breitet sich über die weiße Tischdecke aus und tropft auf meine Hose. Nur gut, daß ich die dunkelbraune anhabe. Weil heute ein Festtag ist, schimpfen wir nicht. Auf den Fleck auf dem Tischtuch legen wir schnell ein paar Servietten.

Und jetzt wird Eis angeschafft!

Langsam kriege ich Bedenken, ob ich überhaupt genug Geld mithabe. Ich muß einmal aufs Klo. Da müssen auch die kleineren Kinder gehen …

Nachdem ich mich eingesperrt habe, beginne ich einmal zusammenzuzählen; schaue danach in die Brieftasche. Ja, normalerweise … Aber die vielen Getränke!

Sie haben schon bestellt, als ich wiederkomme: „Bananensplit", „Coupe Dänemark", „Heiße Liebe".

Mir wird auch heiß.

Welches Eis ich möchte, fragen sie mich: „Heiße Liebe, oder?" Ich esse das sonst am liebsten. „Nein", sage ich – und greife mir an den Bauch. „Ich glaube, es ist besser, ich esse nichts mehr. Ein bißchen 'abzwicken' tut es mich …"

Sie schauen eine Sekunde besorgt, freuen sich dann aber auf ihr Eis. Die Kellnerin bringt es schon daher. Genüßlich beginnen sie zu löffeln. Die Frau will mich kosten lassen, aber ich wehre ab.

Die Zeit vergeht langsam.

So köstlich hat ein Eis noch nie ausgeschaut …

Die Kleineren können dann aber gar nicht alles aufessen. Die Größeren verdrücken jedoch auch das leicht …

Dann können die Kinder plötzlich nicht mehr sitzenbleiben. Bevor wir uns mit ihnen schämen müssen, winke ich der Kellnerin. Innerlich fast betend, daß es langen möge – äußerlich gelassen, warte ich auf die Rechnung. Lange Sekunden sind das …

Dann weiß ich es. Es geht sich aus!

Der Kellnerin gebe ich zwanzig Schilling Trinkgeld. Und ein Zwanziger bleibt mir noch!

Herrlich ist so ein Festtag!

Termin beim ORF

Die letzten zwei Tage, besser gesagt, die letzten zwei Nächte habe ich schlecht geschlafen. Lange nicht eingeschlafen bin ich zuerst, dann mitten in der Nacht noch munter geworden. Und es dauerte wieder lange, bis meine Munterkeit in Müdigkeit und dann in leichten Schlaf übergegangen ist.

Daraufhin habe ich auch noch geträumt …

Ich bin oben einfach hineingegangen. Ein paar Leute sind am Eingang gestanden und haben sich angemeldet. Aber ich bin einfach vorbeigegangen, habe gar niemanden beachtet.

Drinnen in dem hell erleuchteten Raum ist dann dieser Mann gekommen, und ich habe ihm einmal ordentlich meine Meinung gesagt! Daß sie sich gar nichts einzubilden brauchen, sie, die da oben drinnen sitzen … Er hat angefangen, sich zu wehren, und mich dadurch noch mehr in Schwung gebracht: „Im Grunde genommen haben sie von nichts keine Ahnung, und alles, was sie bisher gebracht haben, ist nichts, rein gar nichts, im Vergleich zu dem, was ich geschrieben habe!"

Der Mann ist wütend geworden und hat mich heimschicken wollen. Da ist er aber an den Falschen geraten! Zuletzt habe ich ihn heimgeschickt! Ich bin selber ganz erstaunt gewesen über meine Forschheit. Dann habe ich angefangen, eine Rede zu halten …

In diesem Moment ist der Wecker „abgegangen" und hat mich aus meinen Träumen gerissen …

Nachmittags um drei Uhr ist heute mein Termin. Sie führen da ein Gespräch mit mir. Meine Freude ist riesig!

Endlich ist es Mittag geworden, und wir fangen an, mich herzurichten. Während ich mich in der Dusche brause – Bad haben wir noch keines, aber wir haben es vor –, richtet mir meine Frau sonst alles her. Das Hemd lasse ich sie allerdings noch austauschen. Sie hat gemeint, das violette paßt heute, ich bevorzuge aber das hellblaue. Auch bei den Socken sind wir nicht gleicher Meinung. Die dunkelbraunen sind eher für eine Beerdigung, aber ich fahre ja zum ORF. Unser Gespräch wollen sie zwar nur im Radio übertragen, die Farbe der Socken würde also nicht das Wesentliche sein, trotzdem … und schließlich weiß man nie, was einem unterkommt.

Dann fahre ich los. Die Fahrt von uns nach Innsbruck ist 70 Kilometer lang. Endlich komme ich oben an. Dieses Haus gleicht einem nackten Tempel. Gibt architektonisch nicht viel her. Ein reiner Zweckbau. Auf dem Dach wuchern Sträucher, Stauden und große Antennen. Über einen überdachten Steg – es ist aber kein Bach drunter – gehe ich hinein. Links nach der ersten Tür – es gibt noch eine zweite – sitzt eine Dame. Ich sage ihr, daß ich da bin. Auf ihren fragenden Blick erkläre ich ihr alles. Freundlich bringt sie mir bei – ich habe keine Uhr mit –, daß ich etwas zu früh dran sei und daher im Foyer warten müsse. Was ich auch tue.

Ich sitze auf einem Sessel und staune. Foyer nennen sie also diesen großen, runden Raum. Auf fast allen Seiten führen Gänge weg – und ein runder Raum hat viele Seiten! Nach oben hin ist in der Mitte alles offen – bis zum Dach. Eine Stiege führt in den ersten Stock. Daneben sind große Rohre. Riesige Rohre aus Nirostastahl. Was bedeuten die wohl? Geht da der Rauch hinauf? Sind es Heizungsrohre? Kunstwerke gar? Das wohl eher nicht. Aber vielleicht lassen sie da manchmal Dampf ab. In der Stadt weiß man ja nie …

Plötzlich sehe ich einen Mann kommen. Er geht auf mich zu. Wir kennen uns zufällig. Nach der Begrüßung verabschiedet er sich wieder.

Jetzt sehe ich auch die Uhr an der Wand. Noch vier Minuten. Ein Mann kommt die Stiege herunter. Ist das nicht … ? Ja, sowieso ist er es! Dieser Schwarze da! Im Fernsehen … Er verschwindet in einem der Gänge.

Dann kommt eine Frau. Eine sehr hübsche Frau. Wo habe ich die schon einmal gesehen? Einen kurzen Moment schaut sie herüber. Da weiß ich es! Ich kenne sie auch aus dem Fernsehen – aus „Tirol heute". Und jetzt geht sie die Stiege hinauf … Eine Sekunde, nein, eine halbe, hat sie herübergeschaut. Zu mir! Oder? Sonst ist ja niemand da … Sie geht jetzt schon weiter oben. Entzückend, wie sie einen Fuß vor den anderen setzt.

Der Zeiger der Uhr zeigt bereits eine Minute nach drei Uhr. Langsam werde ich unruhig. Sie werden mich doch nicht vergessen haben!

In diesem Moment aber kommt sie! Sie geht sehr freundlich und charmant mit mir um. Wir gehen ins Studio. Es ist das so ein kahler Raum – am meisten haben sie beim Holz gespart. Er enthält einen Tisch,

ein paar Stühle – und viel so technisches Zeug. Auf einer Seite ist eine Glaswand. In dem Raum dahinter, wo noch viel mehr technische Raffinessen installiert sind, sitzt der Techniker. Da kann einer so richtig schalten und walten. In meinem Fall ist es eine Frau. Ja, haben die Männer beim ORF das Heft total aus der Hand gegeben?

Nun hat das Gespräch mit mir angefangen. Bereits vorhandenes Herzklopfen verstärkt sich … Langsam wird es aber besser …

Ich bin jetzt auf der Heimfahrt, pfeife ein Liedchen vor mich hin.

So ein Tag, so wunderschön wie heute …

Sommer

Landluft

Herrlich ist sie, die Landluft. Leute kommen von weit her, um sie zu atmen. Wenigstens ein paar Wochen im Urlaub.

Diese Luft ist sauber und würzig.

Manchmal gibt es auch dicke Luft. Aber das gibt es ab und zu überall. Meistens kommt ein frischer Wind und verjagt sie.

Im Frühling schmeckt man das frische Gras, im Sommer das würzige Heu, im Herbst das fallende Laub, und im Winter den Schnee. Manchmal mischen sich – hauptsächlich im Frühling – auch andere Düfte in die Luft. Wenn Bauern Jauche und Gülle ausbringen oder frischen Mist streuen. Das ist dann diese süßliche, schwere, fruchtbringende Landluft. Nicht alle Leute verstehen und lieben sie. Manche ziehen die Nase in die Höhe …

Im Sommer würzt kräftiger Heuduft die – von den vielen Urlaubern und schönen Frauen – parfümgeschwängerte Luft. An schönen Wochenenden steigt auch ein leichter Hauch von Benzin himmelwärts …

Im Herbst ist die Luft am klarsten. Man sieht oft viele Kilometer weit – wenn man nicht vor einer Wand steht.

Im Winter ist die Luft klar und kalt. Sie mischt sich mit Düften aus vielen Ländern – und einigen Pistenmaschinen. Auch die Menschen vermischen sich oft ineinander – manche sehr tief sogar.

Trotzdem ist es eine gute Luft, in der wir leben. Ich möchte sie gegen keine andere tauschen …

Gipfelrast

Wir befinden uns auf der höchsten Erhebung dieses Berges – auf dem Gipfel nämlich! Um uns herum ist lautlose Stille, nur ein paar Bergdohlen lugen verstohlen zu uns herüber, machen sonst aber keinen Lärm. Unser Schnaufen – vom Aufstieg – ist gut hörbar. Außer uns hört es jedoch niemand.

Überall um uns herum geht es in die Tiefe. Das macht ja erst einen Berg, daß dazwischen Täler sind. Wenn dazwischen keine Täler wären, wäre ja alles gleich hoch. Das wäre dann ein Hochplateau.

Die Jause, um die wir jetzt den Rucksack und damit auch mich erleichtern, schmeckt gut. Wir haben

einen anständigen Hunger bekommen. Einen Hunger würden wir vielleicht daheim auch bekommen haben, da würden wir jedoch auf keinem Gipfel jausnen …

Die Aussicht ist herrlich. Links von uns sieht man die Loferer Steinberge. Etwas weiter rechts – ja, noch ein bißchen, jetzt! Genau! Das ist der Großglockner, unser höchster Berg. Der ist genau – wie hoch ist der genau? Jetzt kann ich es tatsächlich nicht mehr genau sagen. Jedenfalls ist er zwischen drei- und fünftausend Meter hoch! Auf einen Meter mehr oder weniger wird es nicht ankommen … Knapp daneben ist, wenn einem nicht die Sicht verstellt ist, der – wie heißt der? Es ist auch ein unsriger, aber mit Italien hat er etwas zu tun – ja, genau, der Großvenediger!

Wenn man den Kopf ganz nach rechts dreht, sieht man sogar ins Inntal. Hätten wir uns umgedreht hingesetzt, müßten wir ganz nach links schauen.

Herrlich, diese Ruhe …

Jetzt, ich weiß nicht, ob Sie ihn auch hören können, fliegt gerade ein Flieger in der Luft über uns drüber – sonst jedoch kein Auto weit und breit.

Nun kommt langsam aber ein frischer Wind auf. Wir werden also nicht mehr lange bleiben.

Beim Abstieg müssen wir aufpassen, daß uns kein Schwindel erfaßt, sonst sind wir schneller unten als heroben. Somit beenden wir unsere Gipfelrast und gehen vergnügt talwärts den Berg hinunter …

Eine weit entfernte Musikkapelle – statistisch gesehen

Aktive Musikanten: 41; einmal mehr, einmal weniger – im Durchschnitt 41.

Davon sind 97 Prozent Herren, drei Prozent Damen.

Durchschnittsalter: 37,7 Jahre; durchschnittliche Schuhgröße: 43 (dank zierlicher Marketenderinnenfüße).

Von den Musikanten sind 53 Prozent verheiratet und 47 Prozent ledig.

Von den 47 Prozent Ledigen täten 62 Prozent gerne heiraten, 31 Prozent nur unter bestimmten Voraussetzungen, und 7 Prozent behaupten, nie heiraten zu wollen!

Von den 53 Prozent Verheirateten behaupten 29 Prozent, noch immer in die Gattin verliebt zu sein,

48 Prozent sind gern verheiratet, und 23 Prozent sind normal verheiratet!

61 Prozent der Musikanten wohnen im Parterre, 34 Prozent im ersten Stock, und fünf Prozent wohnen unterm Dach.

22 Prozent wandern gern, elf Prozent suchen mit Vorliebe Pilze, 44 Prozent fahren gern mit dem Rad, und 33 Prozent gehen oft baden.

79 Prozent halten ein Haustier.

Von den 79 Prozent haben 59 Prozent eine Katze, 22 Prozent einen Hund, 14 Prozent haben Hasen, drei Prozent ein Meerschweinchen, zwei Prozent haben einen Vogel.

81 Prozent der Musikanten behaupten, immer sofort nach der Probe nach Hause zu gehen! Zwölf Prozent geben zu, danach regelmäßig noch ein Bier zu trinken! Vier Prozent geben an, immer jeweils noch in der gleichen Nacht heimzukommen. Und drei (6,32 Prozent) geben zu, einmal nach einer Musikprobe „zu hucken gekommen“ und erst am nächsten Nachmittag daheim gelandet zu sein …

Ähnlichkeiten mit einer Musikkapelle hierzulande sind wohl kaum möglich, leider aber auch nicht gänzlich auszuschließen …

Badevergnügen

Da es an diesem Nachmittag sehr heiß war und nicht regnete, beschlossen wir, baden zu gehen. Weil wir vor ein paar Jahren schon einmal waren, hatten wir auch alle eine Badehose. Die Frau einen Badeanzug. Dann fuhren wir …

Das Auto ließ ich heraußen, wir gingen hinein. Der Kassier, der zugleich Bademeister, Rasenmäher, Süßigkeiten- und Eisverkäufer war, wirkte sichtlich erschrocken, als er uns alle sah. Ich gab ihm 118 Schilling, und er sagte nichts mehr.

Unweit vom Eingang lagen schon die ersten Leute herum. Wir suchten uns einen schattigen Platz an der Sonne. Dann breitete „sie" die Decke aus. Bevor wir uns auszogen, schauten wir einmal, ob uns niemand zuschaut. Die meisten Leute taten jedoch so, als ob sie nicht schauen würden. Also stellte ich mich hin, dann zog ich mich aus. Die Badehose hatte ich allerdings schon daheim angelegt. „Sie" wartete zuerst noch mit dem Ausziehen.

Nun ging ich mit den Kindern baden. Über eine Stiege kletterte ich langsam ins Wasser hinunter. In diesem Moment hüpfte neben mir einer ins Wasser, daß ich auf und auf naß wurde. Ich schimpfte den Buben und ging wieder heraus. Legte mich zu „ihr" in die Sonne. Da „sie" gerade dabei war, schmierte sie auch mir den Rücken ein.

Liegend schaute ich nun ein wenig umher. Die meisten Leute waren nur sehr spärlich bekleidet, was mir jedoch nichts ausmachte. Viele Leute waren sehr gut genährt, was ohne Gewand erst richtig zur Geltung kam.

Dann gingen wir einmal alle ins Wasser. Die Kleineren badeten im Planschbecken, die größeren im normalen, wir im tiefen Becken. Schwimmen konnten wir allerdings nicht. Mir stand das Wasser bis zum Hals, von meiner Frau sah ich nichts mehr … Andere Leute haben uns herausgeholfen … Danach rasteten wir eine Stunde und warteten, bis wir braun waren …

Zuletzt suchten wir die Badetücher, die Decke und alle Kinder zusammen und haben vergnügt wieder zu baden aufgehört.

Urlaubsvorbereitung

Wir fahren heuer das erste Mal auf Urlaub. Wir sind noch nie gewesen. Aber heuer fahren wir. Die anderen fahren ja auch.

Einen Kredit haben wir aufgenommen – so ein Urlaub kostet ja etwas! Schließlich will man auch was haben davon. Und danach etwas herzeigen können. Wir werden noch eine Kamera kaufen – eine Filmkamera. Damit wir uns danach mit Bekannten und Verwandten immer wieder anschauen können. Allerdings brauchen wir dafür einen anderen Fernseher. Oder so ein Zusatzgerät, so einen … einen … Videoding … Das geht schon ins Geld.

Kommenden Mittwoch fahren wir. Seit Tagen können wir die halbe Nacht nicht mehr schlafen. Ob wir auch nichts vergessen haben? In Gedanken zählen wir immer alles durch …

Die Kinder geben wir zu einer Nachbarin. Auch die Hühner. Die Blumen nicht. Die gießt sie uns herüben. Vorgestern sind wir noch einkaufen gewesen. Für mich ein schönes Hemd, eine blumige Krawatte und eine kurze Hose. Für meine Frau ein Kleid, zwei Blusen, Wanderschuhe und so eine halblange Hose. Und einen Bikini. Sie hat zwar einen von früher gehabt, der ist aber anscheinend „eingegangen". Einen Koffer brauchen wir auch noch. Wir werden den Kreditrahmen erhöhen müssen …

Ein Buch haben wir auch noch gekauft. Einen Heimatroman für die Frau – „Der Riese vom Bärental", und für mich einen anderen – „Die amourösen Abenteuer der Lady Shatterly".

Sonnencreme – und noch etwas haben wir gekauft. Es ist so eine kleine Packung. Es gibt auch größere ... Nein, rauchen tun wir nicht! Etwas anderes ist drin ... Daheim haben wir diesbezüglich schon eine größere Pause, aber wer weiß, ob uns im Urlaub nicht so Wallungen überfallen ...

Ja, am Mittwoch fahren wir. Das Auto haben wir schon vollgepackt. Wenn diese kleinen Anhänger nur nicht so teuer wären ... Aber es geht auch so. Sitzen können wir ja ... sonst ist jedoch alles voll. Auf dem Dachträger haben wir noch zwei alte Schachteln befestigt. Es sind nur noch wenige Tage bis zu unserem Urlaub ...

Einer etwas entfernteren Nachbarin müssen wir es auch noch sagen. Die mag uns nämlich nicht. Wir sie auch nicht!

Am Mittwoch fahren wir.

Es wird herrlich sein ...

Zimmer frei

Seit 14 Tagen vermieten wir ein Zimmer. Wir haben es zwar noch nicht vermietet, aber wenn welche kommen, tun wir es!

Vorige Woche habe ich ein Täfelchen gebastelt und „Zimmer frei" draufgeschrieben. Das nagelte ich dann ans Haus. Daraufhin warteten wir …

Kurz vor dem Kaffeetrinken hielt ein Auto. Es war jedoch nur der Bruder.

Dann hörten wir wieder ein Auto. Kurz darauf klopfte es. Ein nicht mehr ganz junger, aber nobler Mann kam herein. Er gefiel uns sofort gut. Seine erste Frage war, ob wir ein Zimmer frei haben. Meine Frau schaute mich an, ich schaute sie an, dann sagten wir ja.

Nun kam auch dem seine Frau herein. Nach ein paar belanglosen Worten fragten sie nach dem Preis. Ich sagte ihn. Es war alles in Ordnung. Dann zeigten wir ihnen das Zimmer. Es ist das auf der vorderen unteren Seite im ersten Stock. Es gefiel ihnen.

Ich habe alles selber hergerichtet. Nur beim Überboden hat mir meine Frau die Bretter zugegeben. Die Vorhänge und Tapeten haben wir schon vor zwei Jahren bei einem Sommerschlußverkauf heimgetragen. Die gesamte Einrichtung ist neu! Bis auf die Matratzen. Die hatten zuerst wir zwölf Jahre. Jetzt haben wir neue.

Dann schaute ich einmal beim Fenster hinunter. Aha, sie haben einen BMW. Dann werden sie sicher viel Geld haben – und danach wir!

Nun half ich ihnen die Koffer hinauftragen. Wenn mehr Leute gewesen wären, hätten wir halt unterm Dach oben geschlafen …

Unseren Gästen gefiel es sehr gut.

Sie haben jetzt auch Wasser im Zimmer; das hat mir einer „schwarz" hineingemacht.

Sie blieben eine ganze Woche. Den Mann meldeten wir für zwei Tage. Abends feierten wir immer sehr lange, und fünfmal habe ich einen „Duli" gehabt. Diese Woche richtete ich nicht viel aus …

Heute früh fuhren sie ab. Abends werden wir dann den Profit ausrechnen.

Jetzt haben wir wieder „Zimmer frei"!

Hirten

Jede Herde hat einen Hirten. Sie wird von ihm gelenkt und betreut. Es gibt die verschiedensten Arten, die betreut werden müssen: Kühe, Schafe, Ziegen, Schweine … Sonst brechen sie aus und grasen auf des Nachbars Weide. Das gibt dann Unmut.

Auch Menschen brauchen Hirten.

Ein guter Hirte tut sich leicht. Die Tiere lieben ihn, versuchen gar nicht auszubrechen. Ein schlechter Hirte hat viel Arbeit. Die Tiere lieben ihn nicht, ha-

ben kein Vertrauen zu ihm, verhalten sich daher auch nicht so brav. Er muß immer wieder nachschauen – rundherum – und ihnen drohen, sie womöglich schlagen. Das verstärkt jedoch das Mißtrauen nur noch mehr. Mancher Hirte ist gezwungen, die ganze Herde zu umzäunen. Und selbst da kann es passieren, daß einmal ein Tier durchschlüpft.

Solang genug Futter vorhanden ist, verhalten sich die meisten Tiere in der Regel brav. Wenn es jedoch knapp wird, beginnen die Reibereien ... Zunächst unter den Tieren, dann wächst auch die Ablehnung gegen den Hirten.

Ein guter Hirte versteht es, mit den Tieren so umzugehen, daß sie die Futterverknappung kaum merken. Ein schlechter Hirte kann das nicht. Er begegnet der Ablehnung mit Gewalt. Er versteht es nicht, klug zu sein, und kommt den Tieren sozusagen mit dem „Holzschlegel". Diese fühlen sich dadurch „vor den Kopf gestoßen", werden immer zorniger, hassen den Hirten. Manchen Hirten haben sie schon auf die Hörner genommen ...

Geht es den Tieren längere Zeit zu gut, gibt es auch Probleme. Sie schätzen das Futter nicht mehr und trampeln auf ihm herum, werden übermütig und beginnen zu raufen.

Es erfordert viel Geschick und Feingefühl, eine Herde gut zu betreuen. Nur gute Hirten können das.

Festbesuch

Wir gehen nicht oft auf ein Fest. Aber einmal sind wir auf eines – natürlich hingefahren! Es wäre zu Fuß auch nicht weit gewesen. Doch wer weiß – der Heimweg dann – in der Nacht, zu Fuß, womöglich mit einem Affen; da gingen wir schon lieber auf „Nummer sicher".

Das Zelt war schon fast voll. Wir schauten einmal! Da sahen wir Bekannte und setzten uns zu ihnen. Die Bekannten drückten wir einfach ein bißchen zusammen, dann ging es schon.

Nun wurde ein Bier bestellt – und eines für die Frau. Zum Hendl trank ich dann die dritte Halbe. Die Frau hatte das erste auch schon fast fertig, und so bestellte ich für sie auch gleich noch eines. Jetzt wollte sie aber eine Limo. Das sagte sie, als die Kellnerin schon dahin war. Zuerst mußte sie ja mit der Bekannten „ratschen". Ich dagegen habe mich mit dem Mann nur „unterhalten". Also mußte ich ihr Bier auch noch mittrinken.

Danach eroberten wir die Tanzfläche. Wir tanzten rundherum, immer um die eigene Achse, und ich wurde fast schwindlig dabei. Daraufhin taten wir es einmal von der anderen Seite.

Etwas später beschlossen wir – aus purem Übermut –, in der Schießbude etwas zu schießen. Auch die Frauen gingen mit.

Der Bekannte drückte ab und schoß seiner Frau einen Kaminkehrer. Es war das kein richtiger, nur so ein drahtiges Plüschmandl. Bei näherer Betrachtung sahen wir dann, daß es sogar ein Teufel war!

Danach war ich an der Reihe. Ich legte an. Mir kam vor, die ganze Schießbude „naggelt" ein wenig. Ich schoß einfach auf einen Teddybären. Eine Blume fiel herab!

Einmal müssen wir dann auch in der Schnapsbude gewesen sein ... Sie hatten viele Gattungen von Schnäpsen. Drei davon kostete ich. Einige Leute wiederum haben sich zusammengeschmiegt und so Sachen gemacht. Früher haben wir das auch getan, mittlerweile sind wir aber gescheiter geworden!

Später spielten sie einen zum „Schunkeln". Es war wunderbar – bis unsere Bank umfiel. Wir waren nicht darauf gefaßt und gingen auch zu Boden. Die Bekannte war ganz eine Schlaue! Sie glaubte, sich am Tisch festhalten zu können – und riß auch den noch um. Hatte ich zuerst das Glück, weich zu fallen – meine Frau lag teilweise unter mir –, so kam jetzt die lauwarme Dusche. Und ich hatte heute zum erstenmal das neue Hemd vom Osterhasen an – na, bravo!

Nachdem wir alle wieder standen, setzten wir uns wieder nieder. Der hinter mir sagte etwas Blödes und schmunzelte auch noch. Hätte mir meine Frau nicht gut zugeredet, wäre er jetzt wohl im Krankenstand.

So um zirka zwischen ungefähr zwei oder drei Uhr sind wir dann heimgegangen. Bald hätten wir noch das Auto vergessen. Dann nahmen wir es doch mit.

Heuer werden wir wieder einmal Fest gehen!

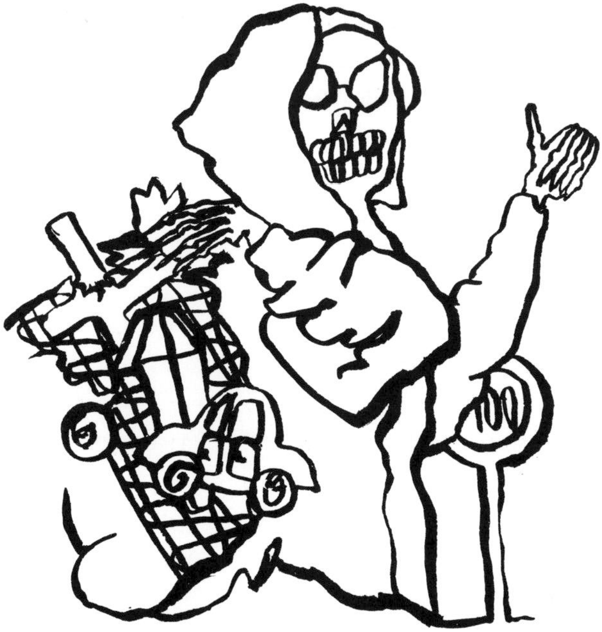

Saison

Vor gar nicht allzu langer Zeit gab es bei uns eine Zeit, da durfte man mit dem Auto auf den Straßen nur langsam fahren. Sonst wurde man bestraft. Wenn sie dich erwischten! Es war dies nicht oft der Fall.

Dann hat der Oberste Gerichtshof – es sitzen da nur die schlauesten Leute drin – diesen Mißstand aufgehoben. Jetzt können wir wieder flott fahren – und schnell. Es macht wieder richtig Freude!

Gelegentlich gibt es Ungeübte, die an Bäume, Geländer oder gleich zusammenkrachen. Da kommt dann die Rettung und bringt sie ins Spital. Wenn sie eingeklemmt sind, kommt die Feuerwehr mit der Bergeschere – es gibt da heute moderne Geräte. Dann kommt der Abschleppwagen und verliefert die Autos. Sie werden in Werkstätten gebracht. Einige fleißige Arbeiter richten die Autos in tagelanger Arbeit wieder her. Wenn sie zu stark beschädigt sind, verkauft der Chef wieder neue Autos.

Die Verletzten werden im Spital gut versorgt und wieder hergerichtet. Wenn sie stark verletzt sind, werden sie in die Klinik gebracht. Da sind dann die besten Ärzte und Chirurgen. Die vollbringen oft wahre Wunder.

Manchmal – Gott sei Dank selten – hat auch der Tod Saison. Da wird es dann tragisch. Ein Bestattungsunternehmen wird beauftragt und übernimmt die weiteren Schritte. Den Totengräber muß man meistens selber fragen. Auch um die Musik und das Totenmahl müssen sich die Hinterbliebenen kümmern. Zum Glück passieren solche Unfälle nur selten, und meist den anderen …

Es ist nicht gesagt, daß durch das Schnellfahren mehr passiert, wie es manchmal Zurückgebliebene behaupten. Durch das Langsamfahren wird jedenfalls die ganze Wirtschaft aufgehalten.

Und ist es nicht eine Schande, mit diesen schönen, schnittigen, schnellen Autos langsam zu fahren? Wo wir doch alle so wenig Zeit haben und uns beeilen müssen …

Freuen und ergötzen wir uns also an diesem ungebremsten Vergnügen. Besserwisser basteln ohnehin schon an der Demontage desselben …

Sport

Fast jeder Mensch betreibt heute Sport. Nur die, die keinen ausüben, betreiben auch keinen. Es gibt die verschiedensten Sportarten. Eine will ich nun genauer erklären. Sie wird meistens nicht von jedem betrieben. Sie geht nämlich ins Geld.

Es ist eine Ballspielsportart! Ja, man braucht dazu einen Ball. Und viel Platz. Der Ball ist größer als ein Tischtennisball, aber viel kleiner als ein Fußball. Das Material, aus dem diese Bälle sind, ist so ein ... so ein ... ein weißes Material! Man könnte den Ball nun nehmen und einfach ein Stück werfen. Es hat sich aber eingebürgert, daß in den Ball mit einem Stock dreingeschlagen wird. Der Stock ist ein gerader, den man schräg hält. Unten ist er gebogen.

Wer ein Anfänger ist oder es eben noch nicht ganz heraußen hat, dem kann es passieren, daß der Ball noch immer daliegt, obwohl man schon dreingeschlagen hat. Legt man viel Wucht in den Schlag, kann es einen auch fast umreißen. Schlägt man etwas tiefer, passiert es auch gelegentlich, daß nur die „Wasen" fliegen. Dadurch entsteht dann ein Fleckchen, einige Quadratzentimeter groß, das nicht mehr grün ist, sondern braun. Hat man aber das Glück – und es gibt immer wieder welche, die es haben – und trifft den Ball genau, kann er Hunderte Meter fliegen.

Da ist dann bei dieser Ballspielsportart jedoch die nächste Schwierigkeit eingebaut. Der Ball soll nicht nur nicht unkontrolliert in die Luft gedroschen werden, sondern zuletzt in einem Loch von weniger als einem halben Meter Durchmesser verschwinden. Gänzlich verschwunden ist er dadurch allerdings nicht, denn das Loch ist nicht tief und hat einen Boden. Man kann den Ball also auch wieder herausholen.

Damit das Ganze noch schwerer wird, ist das Spielfeld teilweise sogar hügelig; auch sind mancherorts Bächlein oder Teiche angelegt. Und dazwischen immer wieder dieses kleine Loch … Es gibt Anlagen, da haben sie bis zu 18 solcher Löcher!

Damit das Spiel noch spannender wird, werden die Schläge, die man braucht, bis der Ball drinnen ist, mitgezählt. Dabei verwenden sie auch ganz komische Namen und Bezeichnungen. Im Fernsehen habe ich einmal gesehen, daß einer, obwohl er zuerst lange dreingeschaut hat, aus nur einem Meter Entfernung halbrechts danebengeschossen hat. Einem anderen ist der Ball knapp „verhungert" …

Ja, man braucht da viel Geduld … Ich hätte den Ball genommen und einfach hineingeworfen!

Bis so ein Spiel aus ist, können oft Stunden, ja sogar Tage vergehen. Ein Arbeiter könnte so ein Spiel gar nicht spielen, weil er inzwischen wieder arbeiten müßte.

Nun, ich hoffe, die Grundbegriffe dieser Ballspielsportart für jeden verständlich erläutert zu haben – und werde mich jetzt zu Bett begeben. Es ist 22 Uhr 37. Gute Nacht!

Wasserleitungsbruch

9 Uhr 05

Frau stellt fest, daß Wasser aus Wasserhahn zuerst nur zögernd, dann gar nicht mehr läuft. Probiere selbst! Kein Wasser! Nur leichtes Gurgeln hörbar. Jause mit Tee entfällt heute …

Wassergenossenschaftsobmann wird angerufen.

11 Uhr 15

Verdächtige Stelle wird entdeckt. Bagger bereits in Anfahrt. Zwischen Salatbeet und erster Reihe „Hosboan" in Nachbars Garten tritt Wasser zutage. Nachbarin jammert! Findet bei Umstehenden wenig Mitleid. Auch ich kann leichtes Schmunzeln kaum verbergen. Bin froh, daß es nicht auf meinem Grund rinnt!

11 Uhr 40

Radbagger trifft langsam ein. Mann steigt ab, besieht sich Lage. Nachbar hilft seiner Frau, Salatköpfe ernten und „Hosboan" brocken. Zuschauer werden immer mehr …

11 Uhr 50

Arbeit beginnt. „Hosboanstauden" sind für Bagger kein Hindernis. Baggerschaufel gräbt sich tief in Nachbars Garten. Danach steigt Mann ab. Mittagspause! Zuschauer gehen heim, auch ich. Frau muß erst kochen – hat von Balkon aus auch geschaut.

13 Uhr

Arbeit beginnt von neuem. Gehe auch wieder hinauf. Nehme allerdings Schaufel mit. Werde sie hoffentlich nicht brauchen. Auch andere Leute und Zuschauer kommen wieder. Jeder hat sich ausgerüstet: Zwei Bauern mit Spitzschaufeln, zwei Arbeiter – einer mit Pickel, der andere mit einer „Wasenhaue“, ein Musikant mit Pickel, ein Feuerwehrmann ebenfalls mit Pickel, ein Rentner mit einem Eisenrechen, ein Pensionist mit einem Schnapsflaschl, ein Beamter mit neuen Gummistiefeln. Nach Stärkung aus dem Flaschl von dem einen bilden Anwesende Halbkreis um Bagger. Alle schauen gespannt ins Loch hinunter ...

13 Uhr 35

Loch nimmt enorme Ausmaße an. Durchnäßtes Erdreich rutscht immer wieder nach. Auch Erdbeerbeet und Zwiebeln verschwinden im Loch. Zuschauer müssen immer wieder um Fußbreite zurückweichen.

14 Uhr 05

Endlich spritzt Wasser auf. Bagger hat soeben Leitung ganz abgerissen ... Wasserobmann läuft zu Bassin, dreht Wasserzufuhr ab. Soeben kommt angeforderter Installateur mit Lehrbub. Dem Lehrbuben wird ins Loch hinuntergeholfen. Lehrbub legt Leitung frei. Der Meister kann jetzt arbeiten ... Pensionist entfernt sich kurz von Baustelle ...

14 Uhr 10

Pensionist schleppt Bierkiste an. Anwesende helfen alle. Mann stellt Bagger ab. Dann wird Bier getrunken. Nur Nachbar trinkt keines – hat mit seiner Frau genug zu tun …

14 Uhr 20

Wahrscheinlich von Nachbarin angerufener Bürgermeister kommt, wie er sagt, zufällig vorbei. Lobt unsere gute Zusammenarbeit, trinkt danach mit uns ein Bier.

14 Uhr 45

Arbeit wird wieder aufgenommen. Installateur fährt etwas holen. Wir müssen untätig warten …

14 Uhr 55

Zirka ein Kubikmeter Erdreich rutscht ins Loch. Verschüttet freigelegte Leitung.

Wir gehen alle schnell Kaffee trinken!

15 Uhr 30

Lehrbub hat Leitung wieder freigelegt. Meister kann nun arbeiten. Es beginnt leicht zu regnen …

15 Uhr 35

Arbeit wird wegen widriger äußerer Umstände frühzeitig abgebrochen. Auch wir gehen, vom langen Schauen erschöpft, nach Hause. Arbeit wird morgen um acht Uhr fortgesetzt!

Zuneigung

Ein Stück oberhalb der Hütte sitze ich, lehne mich zurück. Die Sonne scheint warm, alles ist so ruhig und friedlich. Ein leichter Wind streicht über mein Gesicht. Er ist nicht heiß, angenehm ist er …

Dann höre ich etwas und – sehe sie kommen. Ich lege mich ins Gras zurück, schließe die Augen und warte … Jetzt! Langsam höre ich sie näherkommen. Ich öffne die Augen einen Spaltbreit, sehe sie schon, sie steht fast neben mir. Sie scheint zu überlegen, kommt dann auf mich zu. Ich schließe die Augen.

Plötzlich stupst sie mich an. Ich stelle mich schlafend. Langsam beginnt sie an mir zu knabbern – im Gesicht, am Ohrläppchen. Es kitzelt, ich rühre mich noch immer nicht. Ich liebe dieses Knabbern.

Langsam wird sie aber frecher, steigt auf meinen Bauch. Ich öffne die Augen, nehme sie in die Arme und drücke sie an mich. Sie schaut mich an, ich schaue sie an, und beide genießen wir dieses schöne Weilchen.

Sie ist so anschmiegsam, beginnt nun an meinem Hemd zu knabbern …

Wenn sie groß ist, wird sie auch nicht anders sein, als eine Geiß eben ist. Sie wird unseren Garten heimsuchen, sie wird Nachbars Blumen fressen, sie wird oft meckern. Aber noch ist sie jung und anschmiegsam. Ich liebe dich, meine kleine Geiß!

Herbst

Messebesuch

Letztes Jahr waren wir zum ersten Mal auf der Innsbrucker Messe. Wir machten nur einen Ausflug und glaubten zuerst, wir brauchen nichts. Nachdem wir die Eintrittskarten gekauft hatten, gingen wir hinein.

Vor so einem schönen, runden, großen Wasserbehälter blieben wir einmal stehen. Ein Mann war sofort sehr freundlich zu uns, erklärte uns alles. Zuletzt machten wir uns sogar noch Selbstvorwürfe, daß wir und unsere Kinder bisher ohne Swimmingpool leben mußten. Die Lieferung ist gratis, das Wasser haben wir selber. Nach einem Gläschen Wein, das uns der nette Mann noch spendierte, gingen wir wieder weiter ...

Plötzlich waren wir in einer Halle. Kreissägen, Hobelmaschinen und so weiter. Weiter oben auch Staubsauger. Meine Frau blieb stehen. Ich ahnte Schlimmes. Schlußendlich entschlossen wir uns, den alten Staubsauger, den wir schon hatten, im ersten Stock zu lassen – das Herunter- und Hinauftragen geht auch ins Kreuz – und den neuen im Parterre zu verwenden. Teppichboden haben wir da allerdings gar keinen. Da wir noch Messerabatt bekamen, kostete er nicht einmal zwei „Blaue".

Weil es ein schöner Tag sein sollte, kauften wir uns dann ein Schnitzel. Danach kamen wir zu solchen Maschinen und Geräten – hauptsächlich für die Landwirtschaft. Zu unserer Verwunderung saß ein Nachbar von uns mit einem Händler bei einem Gläschen Wein. Wahrscheinlich hat er sich etwas anhängen lassen. Eine Obstpresse! Und er grinste auch noch! Vermutlich glaubte er, daß wir gar nicht so viel Geld hätten. Ich zeigte es ihm richtig und kaufte gleich eine ganze Brennereianlage! Obst haben wir, und den Schnaps mögen wir auch! Nach beinharter Verhandlung ist auch hier die Lieferung gratis. Die Rechnung kommt erst in 14 Tagen. Nun erhielten wir ein scharfes Schnäpschen, und dann noch eines! Danach gingen wir wieder.

Da wir nun in ausgelassener Hochstimmung waren – und uns niemand kannte –, hängte sich meine Frau bei mir ein. In der Halle der Haushaltsgeräte hat meine Frau ganz schön geschaut. Beinahe hätte ich ihr eine Spülmaschine gekauft. Dann wäre ihr nach dem Essen aber oft langweilig geworden …

Eine Modenschau schauten wir auch noch an. Wir sahen jedoch nicht viel, weil in der Halle kein Platz mehr war …

An einem Standl kauften wir uns zuletzt noch zwei Schaumrollen und ein Kilo Weintrauben.

Abends gibt's dann ein Traubenkoch! Für die Kinder nahmen wir auch noch fünf Süßigkeiten mit. Vor dem Hinausgehen tranken wir noch einen Kaffee, dazu ein Linzerauge. Jeder.

Danach wurde wohlgemut die Heimreise angetreten …

Lehrfahrt

Jedes Jahr machen sie eine Lehrfahrt. Morgens fahren sie und abends kommen sie wieder. Heuer fährt meine Frau auch mit. Ich gebe ihr noch 150 Schilling, damit sie sich etwas leisten kann. Daheim, das mit den Kindern, ist für mich eine Kleinigkeit. Vier sind in der Schule, der fünfte, der allerdings noch klein ist, schläft noch. Dann fährt sie ab, ich setze mich …

Da schreit auch schon der Kleine. Obwohl ich ihn herunterhole und seine Suppe herrichte, schreit er immer noch. Er mag auch die Suppe nicht. Diese Manieren hat er nicht von mir … Dann ist da noch etwas – in der Hose. Weil er nicht friedlicher wird, bringen wir die Sache hinter uns. Jetzt ist er brav. Ich erkenne mich in ihm wieder.

Später beginne ich zu kochen. Meine Frau hat mir alles erklären wollen – gestern. Ich habe jedoch beim Kochen schon öfters zugeschaut. Jetzt weiß ich aber doch nicht mehr genau, ob man diese Soße mit den Spaghetti gleich mitsiedet oder nicht? Ich habe sie gleich mitgesotten! Als die Schüler – nach ungefähr einer Stunde da sind – essen wir.

Lob ernte ich allerdings keines. Sie behaupten sogar, daß es sonst anders schmeckt.

Wer weiß, was „sie“ sonst noch für Gewürze hineingibt!

Beim Kleinen kommt wieder die Bosheit durch, und er wirft mir einen Teller voll Nudeln – die er gar nicht essen hätte müssen, er bekommt ja seine Suppe – unter den Tisch. Ich wische den Boden auf, wasche danach das Geschirr. Kurz vor zwei Uhr glänzt alles fast wieder.

Das eine Mädchen kennt sich bei der Hausaufgabe nicht aus. Ich mich auch nicht. Der jüngere Bub soll die Fläche von einem runden Tisch ausrechnen. Er schaut mich an. Ich habe jetzt aber sonst zu tun. Solches Zeug lernen sie heute! Bei einem viereckigen würde ich mich vielleicht auskennen ... Dann wollen die Kinder noch dies und das – und ein paar Kekse. Langsam steigt in mir leichte Verdrossenheit auf. Warum muß „sie" da auch mitfahren?

Beim Kaffeeherrichten fällt mir noch der Filter um. Wir beschließen, Milch zu trinken. Zwei wollen jetzt Kakao, der Kleine schreit schon wieder und macht mich langsam nervös. Es ist nicht leicht, ein Familienvater zu sein! Die Buben raufen, der eine blutet an der Wange. Und „sie" kommt immer noch nicht ... Das Geschirr vom Kaffee-, Milch- und Kakaotrinken stelle ich im Waschbecken schön zusammen. Das braucht „sie" heute nicht mehr abzuwaschen, das kann sie auch morgen tun. Ich muß einmal rasten.

Kurz vor sieben kommt sie. Sie berichtet ausführlich von der sch...önen Lehrfahrt, doch ich höre gar nicht richtig zu. Und wie es uns ergangen sei?

„Nicht schlecht", sage ich „ist es uns ergangen."

Das Abendessen zu kochen, überlasse ich ihr.

Danach gehe ich – ein ganz klein wenig genervt und fast fertig – früh schlafen ...

Kurzbericht einer Jahreshauptversammlung

19 Uhr 50
Erste Leute treffen ein. Beraten kurz, wo sie sich hinsetzen sollen. Setzen sich dann hinten nieder. Nach und nach treffen weitere Leute ein.

20 Uhr 16
Obmann deutet Kellnerin, daß sie beginnen kann. Kellnerin hält Blitzumfrage. 21 Mann essen Schweinebraten, 13 Mann Wiener Schnitzel. Ein Mann behauptet – trotz gutem Zureden – heute beim besten Willen nichts mehr zu „derpacken". Bekommt deshalb aber auch nicht mehr als zwei Freibier.

20 Uhr 35
Essen wird aufgetragen; schmeckt gut; wenig Debatte.

20 Uhr 58
Obmann beginnt aufzustehen. Unterhält sich noch kurz mit Schriftführer.

21 Uhr 04
Obmann begrüßt und eröffnet die Vollversammlung. Auch ein „Besserer" ist anwesend, wird extra noch begrüßt. Die Beschlußfähigkeit ist nun gegeben. Tagesordnung wird verlesen. Niemand hat kei-

nen Einwand dagegen. Danach wird 14 Sekunden lang für nicht mehr Anwesende eine Gedenkminute abgehalten.

21 Uhr 12
Bericht des Obmannes: Im abgelaufenen Jahr gab es nichts Außergewöhnliches. Die Kameradschaft ist gut – außer der Rauferei beim Ausflug. Sonst gab es keine Verletzten. Vier Ausschußsitzungen wurden abgehalten. Zwei Mann sind wieder, zwei zum ersten Mal Vater geworden.

Obmann gratuliert ihnen. Nach Ende seines Berichts stürmischer Applaus!

21 Uhr 20
Bericht des Schriftführers: Ausführliche Stellungnahme über Aktivitäten im letzten Jahr. Obmann lobt und dankt dem Schriftführer.

21 Uhr 32
Bericht des Kassiers: Ausgaben übersteigen Einnahmen bei weitem. In der Handkassa befinden sich noch 37 Schilling. Und 50 Groschen. Applaus hält sich in Grenzen.

Obmann dankt auch dem Kassier. Kein anderer sonst könnte die Finanzen so gut verwalten! Zwei Kassaprüfer haben die Kassa überprüft und dabei keinen Fehler entdeckt. Der Kassier wird einstimmig entlastet.

21 Uhr 44
Obmann übergibt das Wort an „Besseren“. Der beginnt nun, ein Referat zu halten.

22 Uhr 19

Mann referiert noch immer. Zwei Mitglieder schlafen bereits, zwei weitere werden durch laute Ausführungen des Referenten immer wieder geweckt.

22 Uhr 26

Mann hört auf. Alle klatschen. Schlafende werden munter, klatschen auch. Obmann dankt dem Referenten. Kein anderer, sagt er, kann die momentane Lage, in der wir uns befinden, so spannend und so treffend darstellen.

22 Uhr 30

Neuwahlen! „Besserer" übernimmt Vorsitz. Zwei Stimmenzähler werden bestimmt. Alle Vorstandsmitglieder, einschließlich Obmann, werden durch „Handaufheben" einstimmig wiedergewählt. Ein Mann ist zwar wieder eingenickt; schlafen wird jedoch als Zustimmung gewertet. Alle nehmen die Wahl an.

22 Uhr 50

Allfälliges! Ein Mann beschwert sich, keine Einladung erhalten zu haben. Ein anderer will wissen, ob der heurige Ausflug mit oder ohne Gattinnen stattfindet. Und ein Dritter behauptet, sich von nun an nichts mehr gefallen zu lassen! Nach eingehender Debatte werden alle Unstimmigkeiten bereinigt.

23 Uhr 11

Versammlung wird geschlossen. Austrinken und Kartenspielen beginnen erst …

Wandertag

Wir machen fast jedes Jahr einen Wandertag. Es ist das sehr schön und paßt auch jedem. Heuer erwählten wir eine große, bekannte Alm als unser Ziel.

Zuerst fuhren wir mit dem Auto in das Tal hinein. Dann zweigten wir ab. Nach einigen hundert Meter kam die Stelle, wo sonst der Schranken ist. Er war auch heute da, aber offen! – Ich hatte mich schon vorher erkundigt! Wir konnten also ungeniert durchfahren.

Dann begann der Weg zu steigen. Vielleicht war es doch besser, daß jeder mit seinem eigenen Auto gefahren war. Wir hätten in meinem auch alle leicht Platz gehabt, womöglich wäre er mir bei dieser Steigung aber doch ein wenig warm geworden.

Es war herrliches Wetter, und die Landschaft war auch sehr schön. Wir fuhren zügig hinauf, doch bald hatte ich ein paar langsame Autos vor mir. Da ein Überholen fast unmöglich war, hupte ich sie einige Mal an. Diese Trottel schauten aber nur in der Gegend herum und kamen kaum weiter. Es waren überhaupt viele Autos unterwegs, und es entstand eine richtige kleine Kolonne. Sie haben heute da oben eine Feierlichkeit.

Nun fuhren wir an einigen Unverdrossenen vorbei, die sogar zu Fuß unterwegs waren. Nach zirka 20 Minuten – die mich einige Nerven kosteten –

waren wir endlich dort. Es gab kaum mehr einen Platz, wo wir das Auto parken konnten. Wir stiegen aus dem Wagen und streckten zuerst einmal die Beine aus …

Daraufhin kauften wir uns gegen den Durst zuerst einen „Radler". Wegen dem großen Ansturm heute mußte man auch hier wieder warten.

Danach begann unsere Wanderung. Es war herrlich hier auf der Alm, und wir genossen diese Viertelstunde so richtig. Marschieren macht hungrig, wir verspürten großen Hunger und gingen wieder zurück. Die Frauen bestellten sich einen Kaffee, und wir ein Appetitbrot und ein Bier.

Es wurde sogar noch richtig gemütlich. Eine Musik spielte auf, und schnell verging der Nachmittag. Kurz vor dem Dunkelwerden machten wir uns auf den Heimweg.

Dieser Wandertag war ein unvergeßliches Erlebnis – und wir beschlossen, auch nächstes Jahr wieder einen durchzuführen.

Konzertbesuch

Aus einer mir selbst unerklärlichen Laune heraus gehen wir heute abend Konzert. Nach langem Hin und Her lege ich zuletzt doch den Anzug an. Meine Frau das Kostüm. Der Eintritt ist gewaltig – fast fünf Bier würde ich dafür bekommen; mit meiner Frau fast zehn …

Dann sitzen wir da. Ein Mann mit einer Fliege begrüßt uns. Erklärt alles, was sie spielen. Und von wem. Lauter Unbekannte!

Danach geht es gleich los.

Zuerst spielt ein Mann Trompete, was eigentlich ganz schön ist. Dann spielt einer auf einem riesigen Klavier, bei dem sie den Deckel aufgespreizt haben. Nachdem er endlich fertig ist – ein Marsch hätte uns besser gefallen –, beginnen ein paar andere zu spielen. Einer hat so eine große Geige, daß er sie auf dem Boden stehen lassen muß. Dann fährt er mit einem polierten Stock, an dem auf der Unterseite eine Art Gummizug befestigt ist, immer wieder drüber. Dadurch entsteht eine tiefe Musik.

Ein paar haben nun eine kleinere Geige mit, an der sie sich mit dem Kinn aufstützen und somit den Kopf hochhalten. So spielen sie eine jammernde, aber fast schöne Melodie.

Während der Klavierspieler wieder spielt, können wir uns ungeniert unterhalten. Wir haben ihn ja schon gehört. Man fordert uns allerdings auf, leiser zu sein. Von nun an tun wir so, als ob wir zuhören würden.

Drei Mann spielen nun auf einem – ja, was ist es? – ich würde sagen, auf einem Waldhorn. Man kann ein Waldhorn auch in einem Saal blasen. Die kleine Trommel gefällt mir immer gut. Heute ist aber keine dabei …

Das Konzert dauert lange, und die Spieler kommen fast ins Schwitzen. Sogar der Klavierspieler hat eine Schweißperle auf der Stirn, obwohl er eine sitzende Arbeit hat.

Am Schluß klatschen die Zuschauer und wollen noch eine Zugabe. Wir hätten keine haben müssen. Der Mann am Klavier spielt noch eine – Rhapsodie, wie sie es nennen. Von einem gewissen Tschaikowsky. Nie gehört. Dem Namen nach ein Ausländer.

Langsam geht das Konzert dann zu Ende.

Langer Beifall, aufstehen, Mantel anziehen und sich in Bewegung setzen.

Jetzt gehen wir wieder heimzu …

Winter

Winterfreuden

Vorbemerkung

Folgendes spielt sich heute ganz anders ab. Auch wir haben unsere Liftanlagen nämlich modernisiert und auf den neuesten Stand der Technik gebracht!

Als vor einigen Jahren endlich der Winter gekommen war, fing es auch bei uns zu schneien an. Es schneite überall. Es hatte also doch gewirkt, daß wir etwas glauben – und manchmal auch beten. Bis es schneit, danach haben wir Wichtigeres zu tun.

Zu dieser Zeit entschloß ich mich, etwas zu unternehmen und zum Lift zu gehen. Die anderen Liftangestellten, die vor mir kamen, waren gewöhnlich auch da. Als wir es uns gemütlich machen wollten, kamen auch schon Schifahrer daher und bildeten sich ein, mit dem Lift fahren zu müssen. Wir zündeten den Ofen an und wärmten uns.

Weil noch mehr zusammenkamen, und es sich langsam auszahlte, brachten wir den Lift halt doch in Schwung. Dann ging es den ganzen Tag so dahin. Die meisten Leute, die hinauffuhren, kamen von selbst wieder herunter. Einige jedoch brachen sich ein Bein oder tranken Jagertee – und wir mußten sie noch am selben Tag kostenlos verräumen ...

Ein Mann klagte uns einmal sein Leid: Er sei seiner Frau schon 20 Jahre ausgeliefert, und jetzt wolle sie auch noch das Schifahren lernen. Wir gaben ihm den Rat, mit ihr im felsigen Gelände zu üben …

Als es einmal draußen sehr kalt und in der Lifthütte angenehm warm war, kam schon sehr früh ein einzelner Schifahrer daher. Er hatte weder eine Mütze auf noch Handschuhe an. Weil er uns nicht weiterging, mußten wir mitten unter dem Kartenspiel hinaus, „zwickten" ihn und hängten ihn an den Lift. Dann hofften wir, daß er bald erfrieren werde. Doch er kam gleich wieder. Wir fragten ihn, ob ihm nicht zu kalt sei, und lachten ein wenig. Er verstand aber kein Deutsch und lachte auch. Da haben wir nicht mehr gelacht.

Schön war es immer, einen feschen Schihasen zu „zwicken". Aber nur die halben Punkte, dafür kamen sie öfter …

Schwierig war es dagegen, wenn wir Feierabend machen wollten und noch schönes Wetter herrschte. Da mußten wir öfters einem, der es nicht glauben wollte, die Schneeschaufel zeigen. Was aber immer sehr gut wirkte.

Zuweilen passierte es auch, daß einer – wenn er mit dem Schlepplift oben angekommen war – den Liftbügel nicht mehr „ausderließ" …

Im Frühjahr, wenn kein Schnee mehr liegt, werden wir sie alle wieder heruntertun, die Liftbügel! Dann werden wir zusammenpacken und uns auf den nächsten Winter freuen …

Detaillierte Erklärung zur Entstehung und eventuellen Vermeidung eines Sturzes

Geschätzte Damen, meine Herren, Hochwürden, Herr Bürgermeister, hohe Festversammlung!

Sicherlich haben Sie schon einmal, gewollt oder ungewollt, den Sturz eines Schifahrers miterlebt. Entweder im Fernsehen oder auf der Piste. Womöglich sind Sie sogar selber Schifahrer.

Wenn nun ein Schifahrer – es sagt ja die Bezeichnung „Schifahrer" schon einiges aus: Man fährt Schi, genauer gesagt, der Schi (gewöhnlich hat man zwei, heute oft auch nur einen), fährt mit einem – wenn man nun also Schi fährt und der Hang abschüssig ist, fährt der Schi, bedingt durch die Schwerkraft, immer schneller. Und wir müssen mit!

Wer ein Könner dieses weißen Sports ist, hat meistens keine Schwierigkeiten, seine Schi zu bändigen. Entweder legt man eine Phase des Schneepflugfahrens ein, man macht seitliche Schwünge, oder man bringt seine Schi – und damit auch sich selbst – durch einen gekonnten, kräftigen Schwung zum völligen Stillstand. Was geschieht aber nun, wenn man kein guter Schifahrer ist, beziehungsweise überhaupt kaum Schi fahren kann?

Das oberste Gebot ist: Man geht gar nicht Schi fahren! Wie wir aber wissen, liebe Damen und Herren, sind Gebote da, um eingehalten oder übertreten zu werden. In unserem Fall geschieht letzteres.

Wir gehen Schi fahren, obwohl wir es gar nicht können!

Mit dem Schlepplift oben angekommen, durch zweimaliges Umschmeißen in Zeitrückstand geraten, stehen wir also mit gemischten Gefühlen da.

Einerseits bestehen innere Zweifel, ob man die Abfahrt ohne Sturz übersteht, andererseits überwiegt aber die Vorfreude auf das kommende Schivergnügen. Nachdem Sitz und Reißverschluß des Anoraks und der Schihose überprüft sind, richtet man die Schispitzen Richtung Tal. Leichtes Herzklopfen tritt ein. Ein sanfter Schub mit den Stöcken, und die Fahrt beginnt.

Da der Hang zuerst nur leicht geneigt ist und man noch immer auf den Beinen steht, setzt ein Hochgefühl ein, und man bereut, nicht schon viel früher Schi fahren gegangen zu sein. Man nimmt sogar die Schistöcke, nach dem Vorbild der Rennfahrer, unter die Arme.

Nun beginnt der Hang stark zu fallen, die Geschwindigkeit erhöht sich.

Jetzt aber schon etwas schneidiger, hat man noch überhaupt keine Angst.

Nach weiteren zehn Fahrsekunden treten innerlich leichte Bedenken auf, ob dieses Gefühl des ungebremsten Vergnügens auch anhalten wird. Fünf weitere Fahrsekunden und die zunehmende Geschwindigkeit lassen schon den Verdacht aufkommen, daß diese Schußfahrt womöglich unsanft enden wird. Erste Angstgefühle treten auf, verstärken sich, schlagen in Entsetzen um. Knie beginnen zu schlottern.

Seitliche Blicke, ob es da ebener wäre, läßt die schnelle Fahrt nicht mehr zu. Fieberhafte Überlegun-

gen setzen ein, Schweiß bricht aus. Soll man sich einfach fallenlassen oder darauf vertrauen, daß es ebener wird, womöglich sogar bergauf geht?

Der Hausverstand aber sagt, daß das alles nur Wunschträume sind.

In diesem Moment, oder schon früher, spürt man meistens etwas Hartes in der Knie- oder Magengegend, danach sieht man Sterne, vielleicht noch ein Abendrot, dann wird es dunkel.

Nun, liebe Damen und Herrn, der Sturz ist eingetreten, hoffen wir, daß er gelinde ausgeht. Ob das plötzliche Vorhandensein eines anderen Schifahrers, ein über die Piste springendes Reh, eine Schihütte, eine Absperrung oder sonstiges Hindernis letztlich den Ausschlag für die Fahrtunterbrechung gab, wollen wir das nächste Mal analysieren, unter dem Motto: „Wo lag der springende Punkt?"

Ich danke für die Aufmerksamkeit!

Stau

Es freut mich ungemein, daß Sie mich zu ihrer 105. Weihnachtsfeier, zu der ich Ihnen gratulieren möchte, eingeladen haben, um zu Ihnen zu sprechen. Nun – worüber sprechen wir heute? Es wird heutzutage ja viel gesprochen, meistens jedoch über so belanglose Sachen, daß man danach selbst kaum weiß, worüber überhaupt gesprochen wurde. Ich will mich daher heute einem Thema zuwenden, das Sie alle sicherlich interessieren wird, und stelle mein Referat unter das Motto: „Stau".

- Wie entsteht ein Stau?
- Wie verhält man sich im Stau?
- Wie verhindert man einen Stau?

Lassen Sie mich diese drei Fragen getrennt beantworten.

Erstens. Wie entsteht ein Stau?

In der Regel entsteht ein Stau, wenn ein Hindernis im Weg ist. Es gibt 417 verschiedene Hindernisse, die im Weg liegen oder stehen können. Ich will nur die wichtigsten herausgreifen. Ein Stau kann entstehen, wenn

– eine Demonstration stattfindet,
– eine Kuh auf der Straße steht,
– ein Felssturz den Weg versperrt,
– die Straße asphaltiert wird,
– ein Hauseck den Weg einengt,

– starker Schneefall einsetzt,
– ein Unfall passiert ist oder
– eine Brücke einsinkt.

Das sind acht auslösende Momente. Ein Stau entsteht allerdings erst dadurch, daß ein Auto stehenbleibt, hinter diesem wieder eines, auch hinter diesem eines, und so fort … So entsteht ein Stau. Es ist wichtig, das einmal exakt festzuhalten.

Zweitens. Wie verhält man sich im Stau?

Nun, hier gibt es verschiedene Möglichkeiten. Entweder ergibt man sich dem Stau, verfällt also in Lethargie und läßt alles über sich ergehen, oder man wehrt sich dagegen, versucht, dem Stau zu entkommen, was meistens nicht mehr möglich ist, und fängt zu fluchen an. Gibt zuerst, wenn sie mit ist, der Frau die Schuld, dann den anderen Autofahrern, durch die der Stau ja erst entstanden ist! Scheut nun auch nicht mehr zurück, sollte ein anderer Autofahrer frech werden, diesem die Faust auf die Nase zu setzen.

Und genau hier, geschätzte Damen und Herrn, möchte ich einen dritten Weg in unserem Verhalten ins Spiel bringen. Wenn man nun in einem Stau steckt: vor sich Autos, hinter sich Autos, womöglich – wenn mehrere Fahrbahnen bestehen – auch neben sich Autos! Und in diesen Autos sind Leute.

Bedenken wir einmal, welche ungeheuren Kommunikationsmöglichkeiten hier bestehen!

Man könnte, und das ist nur eine Möglichkeit, eine Singstunde abhalten! Es bräuchte nur ein Mann – oder eine Frau – auf ein Autodach zu steigen und den Takt anzugeben – ein Chor von einigen hundert Leuten würde mitsingen. Als Liedbeispiele würde ich hier „Das Wandern ist des Müllers Lust“ oder „Wohl ist die Welt so groß und weit“ empfehlen.

Bedenken wir aber auch die große Möglichkeit, zwischenmenschliche Beziehungen aufzubauen! Sicherlich ist in dem Auto neben, hinter oder vor uns ein Mensch, der sich möglicherweise einsam fühlt. Obwohl Hunderte um ihn herum sind …

Es gilt, diese Dame oder – umgekehrt – diesen Herrn aufzuspüren. Wenn die Gattin, im anderen Fall der Gatte, mit ist, entfällt diese Variante.

Sie sehen also, liebe Zuhörer, es stecken in so einem Stau ungeahnte Möglichkeiten. Ich habe berechnet, daß in einem Stau von fünf Kilometer Länge 37 Prozent heiratsfähige und elf Prozent heiratswillige Leute stecken. Es bräuchten nur die richtigen zusammenzufinden. Später könnte man den Kindern erzählen, man habe sich im Stau gefunden …

Nun aber zu meiner dritten Frage:

Wie verhindert man einen Stau?

Hier gibt es verschiedene Möglichkeiten. Man kann

1. staugefährdete Stellen weiträumig umfahren;
2. sich durch kleine Hindernisse, wie herumliegende Steine oder Kühe, nicht aufhalten lassen; und
3. – das ist allerdings die schmerzhafte Möglichkeit – das Auto ausnahmsweise einmal daheim lassen.

Hoffen wir aber, daß diese Katastrophe nie eintreten möge! Laßt uns lieber in einen Stau geraten! Freuen wir uns darauf!

Bein gebrochen

Es war sehr eisig an diesem Vormittag.

Im Sommer wäre das nicht passiert …

Die Dame ging ungefähr 30 Meter vor mir. Plötzlich lag sie ohne erkenntlichen Grund auf dem Boden. Als ich bei ihr angekommen war, lag sie immer noch da. Sie schaute sonst gesund aus, hatte aber wahrscheinlich ein Bein gebrochen. Das eine tat ihr anscheinend sehr weh …

Ich wartete ein Weilchen neben ihr. Es hätte ja auch zufällig die Rettung oder die Polizei vorbeikommen können. Da jedoch niemand kam, beschloß ich, ihr aufzuhelfen. Ich stellte sie langsam auf, sie aber jammerte nur, und als ich sie ausließ, fiel sie wieder langsam um. Von nun an war sie nicht mehr gut aufgelegt. Da sie sich selbst nicht bemühte aufzustehen, wurde es mir auch langsam zu dumm, und ich wollte beinahe schon wieder weitergehen. Aber dann blieb ich doch und schaute, welches Bein es war. Es war das rechte. Von mir aus gesehen jedoch das linke! Ich konnte nicht viel sagen. Wahrscheinlich war es nur einmal gebrochen …

Nun war guter Rat teuer. Da sie mir anscheinend nichts vormachte, wollte ich sie auch nicht einfach so liegen lassen. Bald hätte ich ihr auch noch meinen Pullover zum Draufsetzen gegeben. Dann hat er mich aber doch gereut.

Dann probierte ich ein letztes Mal, ihr aufzuhelfen. Sie fing jedoch an, um Hilfe zu schreien. Da war meine Hilfsbereitschaft an einem Tiefpunkt angelangt, und ich bin einfach abgegangen …

Beim nächsten Haus sagte ich ihnen, daß da drüben eine Dame liegt, und man vielleicht die Rettung rufen sollte. Danach fühlte ich mich erleichtert – schließlich war ich unverschuldet in eine heikle Situation geraten.

Zur Sicherheit schaute ich am nächsten Tag noch einmal vorbei. Sie war jedoch schon nicht mehr da. Fast stolz auf meine Erste-Hilfe-Leistung machte ich mich langsam wieder auf den Heimweg …

Alles bestens

Wenn man heutzutage Nachrichten hört oder im Fernsehen schaut …

Da gibt es Krieg, dort einen Aufstand, in einigen – zum Glück weit entfernten – Gegenden herrscht Hunger, in gewissen Regionen gibt es Katastrophen. Dann können wir wieder richtig zufrieden sein. Denn bei uns ist noch immer alles bestens …

Wir sind nett zueinander. Es wird keiner, oder nur ganz selten einer umgebracht, es wird kaum etwas gestohlen, weil auch keiner viel hat – Geldleute, Politiker oder abräumende Präsidenten haben wir nur wenige, und selbst die wollen sich seit neuestem selbst beschränken. Die dürfen dann auch nicht mehr mehr verdienen, als sie zum Überleben brauchen! Es ist also keiner zu beneiden …

In größeren Städten – ja, da geht allerdings auch bei uns nicht alles reibungslos; aber bei uns auf dem Land!

Was ist noch alles bestens? Die Natur, der schöne Wald, die gute Luft, das klare Wasser – man kann bei uns aus jedem Bach trinken, ohne sofort umzufallen.

Einmal ist allerdings auch bei uns nicht mehr alles bestens gewesen.

Vor ein paar Jahren, als diese Brücke nachgegeben hat, diese Autobahnbrücke. Da hat es sogar öfters einen Stau gegeben. Wir sind beim Schauenfahren auch in den Stau gekommen …

Das ist aber alles wieder gerichtet worden. Jetzt können wir uns alle wieder ungeniert vergnügen.

Wir können ja überhaupt nicht klagen: Die Kühe geben Milch, bald noch viel mehr, die Touristen kommen und lassen uns einiges an Geld zurück. Ja, wir können schließlich auch nicht alles herschenken!

Das Wetter, das Wetter ist wunderbar.

Im Sommer scheint die Sonne, wenn es nicht regnet.

Und im Winter hat es oft schon geschneit.

Die Leute sind hilfsbereit, gehen am Sonntag in die Kirche – oder haben es zumindest vor. Es sind alle normal beisammen, wir streiten nicht, wir saufen nicht, wir schwindeln nicht, wir „haschen“ nicht.

Eine Sache, die uns alle noch sehr bewegt, ist unser Beitritt zur EU. Nun haben wir die Freiheiten alle … Alles ist billiger, und unser Wohlstand wird ständig steigen. Gewisse Berufsgruppen wird man allerdings – zum Wohl aller anderen – gesundschrumpfen müssen; vermutlich mehr schrumpfen, als gesund ist. Andererseits sind jedoch sicher auch Chancen und Vorteile darin enthalten.

„Kopf hoch! Wir sind Tiroler und werden es diesen 12 oder 15 schon zeigen!“

Wir können also rundum zufrieden sein. Es ist aber auch leicht, rundum zufrieden zu sein, wenn rundum alles bestens ist!

Abschlußübung

Nach den Übungen im Frühjahr und Herbst – im Sommer machen wir kaum eine, weil uns da zu heiß ist – kommt dann als Abschluß immer noch eine Abschlußübung. Da denken sie sich meistens so Sachen aus … Letztes Jahr brannte das Schwimmbad! Wir sind neugierig, was es heuer sein wird.

Auf halb zwei ist die Übung angesetzt. Es ist immer gut, wenn man vorher weiß, wann es brennt. Um zehn nach eins legen wir schon die Montur, den Helm und die Stiefel an. Daraufhin warten wir. Genau um halb zwei geht die Sirene. Wir erschrecken kaum.

Sechs Sekunden später werden wir über Funk verständigt, daß es brennt! Das Krankenhaus steht in Flammen, Patienten sind gefährdet. Da wir selbst kein Spital haben, nehmen wir ein Wirtshaus als Spital. Der hintere Trakt, dort, wo sonst das Wein- und Schnapslager ist, brennt noch nicht und muß daher als erstes geschützt werden. Der Löschangriff wird gestartet! Acht Mann sind dafür eingeteilt. Weitere sechs legen die Schlauchleitung zum Bassin. Vier Mann, nein, sechs rüsten sich mit Sauerstoffmasken aus, einer fungiert als Melder, und zwei Mann, die nur bedingt einsatzfähig sind – der eine hat gestern etwas Falsches getrunken, der andere, ein Fußballer, hinkt an einem Bein –, diese beiden machen

Schlauchaufsicht. Nun will aber die Motorspritze nicht gehen. Dem Maschinisten tut schon der Arm weh, da geht sie plötzlich.

Nach der Meldung „Wasser marsch!“ warten wir. Wir warten länger. Es passiert selten, daß gar nichts kommt. Ein Mann macht dann die Entdeckung, daß das Bassin ausgeronnen ist. Also geben wir Meldung: „Wasser halt!“ An einem Hydranten, der einfach dasteht, wird dann angeschlossen. Nach 17 Minuten haben wir schon Wasser!

Die Übung verläuft von nun an gut. Bis auf einen Mopedfahrer. Beim Aufstehen flucht er anständig. Er hat schräg über den vollen Schlauch drüberfahren wollen. Einen Schlauch hat es auch noch zerrissen. Einige Leute und der Bürgermeister sind gerade danebengestanden.

Die Atemschutztruppe seilt vom Balkon Patienten ab. Letztlich wird die Übung dann beendet. Es gibt noch eine Übungsbesprechung. Zuerst kritisieren sie uns, dann gibt es doch dickes Lob. Daraufhin beschwert sich noch der Koch des Hauses. Er hat sich auch zum Abseilenlassen gemeldet, wir haben aber nur die Kellnerin dreimal abgeseilt.

Eine Jause und zwei Freibier beenden danach unsere gelungene Abschlußübung.

Warum ist das Dreieck nicht rund?

Sehr geehrte Damen und Herrn, geschätzte Gäste, verehrte Anwesende!

Sicher geht es Ihnen manchmal ähnlich wie mir. Man befaßt sich mit einer einfachen Frage, findet aber die Lösung nicht. Man kommt ins Grübeln, will die Frage sich selbst, aber auch für andere beantworten. Plötzlich gelingt – oder doch nicht? – der geistige Durchbruch ...

Warum ist das Dreieck nicht rund?

Sehr geehrte Damen und Herrn! Hochgeschätztes Publikum! Wissenschafter streiten über diese Frage seit Jahren. Die einen behaupten: Das Dreieck kann nicht rund sein, weil es dann seine ursprüngliche, seine von uns als Dreieck bezeichnete Form, verlieren würde. Die anderen dagegen behaupten: Das Dreieck sei deshalb nicht rund, weil unsere Vorstellung von rund – schon durch unseren Urtrieb – derart auf rund eingestellt ist, daß es unser Gehirn nicht einmal im Geiste zulassen würde, etwas Rundes als eckig und – noch weniger – als etwas Dreieckiges anzusehen!

Wie wir alle wissen, hochverehrte Zuhörer, passiert es im Leben immer wieder – sei es durch Kurzsichtigkeit, Nebel, Dunkelheit, zeitweilige geistige Umnachtung oder sonstige Einflüsse –, daß ein Eck mit einer Rundung verwechselt wird. Man geht auf etwas Weiches, Rundes zu – und fühlt dann nur ein hartes, kühles Eck!

Nun aber zurück zur Ausgangsfrage! Warum ist das Dreieck nicht rund?

Es stellt sich vorerst die Frage: Löst man diese Aufgabe gefühlsmäßig oder mathematisch?

Betrachten wir zuerst die Variante B. Wie berechnet man ein Dreieck? Nun, ein Dreieck kann klein, aber auch groß sein. Man mißt daher eine Seite – insgesamt gibt es derer drei – der Länge nach ab, multipliziert das Ergebnis mit drei, mißt sodann die Breitseite des Dreiecks und dividiert dieses Ergebnis durch zwei – weil ja das entgegengesetzte Ende des Dreiecks nur mehr aus einem „Spitz" besteht und maßlich nichts mehr hergibt – und zählt danach das Ganze zusammen! Diese neue, durch den geschilderten einfachen Rechenvorgang ermittelte Zahl mal „pi" ergibt sodann die Fläche dieses zwar nicht vorhandenen, von uns aber angenommenen Dreiecks!

Nun zur Rundung. Eine Rundung kann klein und handlich sein. Eine Rundung kann jedoch auch ein enormes Ausmaß haben. Wie berechnet man nun, zum Beispiel, deren Fläche? Man nimmt ein Maßband – ein Meterstab eignet sich schlecht, weil er eckig ist und nur die Gerade messen kann – spannt also das Maßband um die zu messende Rundung und ermittelt so zunächst eine Zahl. Diese wird als Umfang bezeichnet. Der Umfang wird schließlich mit zwölf multipliziert, das Produkt durch sechs dividiert und vom Ergebnis die Zahl neun abgezogen! Damit hat man auf klare, einleuchtende Weise die Fläche einer Rundung bestimmt …

Nun, liebe Zuhörer, zur Variante A! Was sagt unser Gefühl dazu? Rein gefühlsmäßig kann etwas, das eckig ist, nicht gleichzeitig rund sein. Und wenn es drei Ecken hat, ist es um dreimal weniger rund! Man muß sich das vielleicht bildlich vorstellen … und die Auffassung verstärkt sich: Ein Eck ist nie rund, drei Ecken sind nie und nimmer nicht rund!

Ich glaube, geschätzte Zuhörer, es geht Ihnen wie mir: Es entsteht in uns das erhebende und zugleich bedrückende Gefühl – dieses Thema ist unerschöpflich! Es verführt leicht dazu, sich im Kreis zu drehen … ja, im Kreis! – Und was ist der Kreis? Genau! Er ist auch rund! Sonst wäre er kein Kreis! Oder haben Sie schon einen eckigen Kreis gesehen? Eben …

Bevor wir aber, sehr geehrte Damen und Herren, im Kreis gehen, beschließe ich für heute meine Ausführungen, hoffe, Ihnen die Antwort auf die Frage, warum der Kreis nicht rund – ah! –, warum ein Dreieck kein rundes Eck – ah! – warum ein dreieckiger Kreis rund – und beschließe … und beschließe … und habe mich soeben beschlossen …

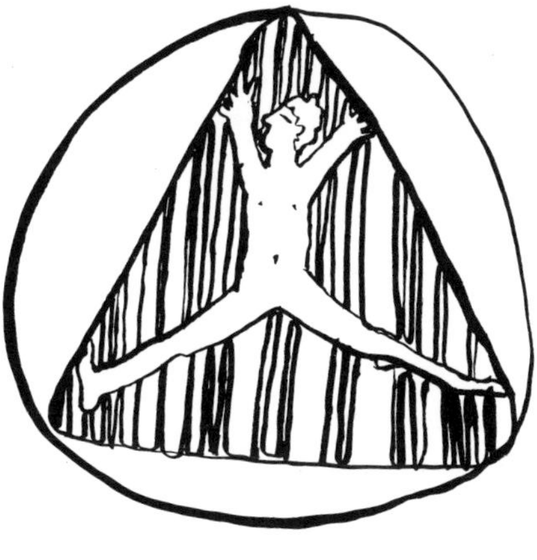

Aktion!

Zu gewissen Zeiten – oder jetzt fast immer – haben sie gewisse Dinge in Aktion. Auch wenn einer neu aufsperrt oder kurz vor dem „Aufhausen" ist. Da gibt es davor meistens noch einen Aus-Schluß-Räumungs-Abverkauf – beziehungsweise eine Aktion. Da muß man sich dann richten!

Gestern kam ein Zettel, daß sie eine Fliesenaktion haben. Wir brauchen zwar derzeit keine Fliesen. Man kann sich jedoch so eine Gelegenheit nicht entgehen lassen …

Ich mache heute einmal Platz im Auto. Das Reserverad lege ich heraus, die hinteren Sitze um, dann fahren wir. Meine Frau fährt auch mit, weil sie noch zwölf Eier braucht …

Wir haben zwar Hühner, aber die „legen" nicht mehr. Fressen tun sie schon, jedoch die Eier müssen wir kaufen … Vielleicht holt sie einmal der Fuchs – dann hätten wir um eine Arbeit weniger. Das „Hühnerköpfen" ist keine nette Arbeit. Vor drei Jahren taten wir es das letzte Mal. Die Frau hielt sie hin, und ich ließ – ssst – die Praxe heruntersausen. Eine ist ihr danach ausgekommen und hat sich wild aufgeführt – rannte und flog noch umher –, obwohl sie nichts mehr sah. Ja, es gibt schönere Arbeiten …

Die Fliesen sind schon hübsch ausgesucht. Weil wir auch nicht noch am gleichen Tag sofort gefahren sind. Ich hätte ja eh gemeint … Aber „sie" hat abgewehrt. Jetzt stehen wir da. Schließlich kaufen wir, weil wir schon da sind, fünf Meter von den teureren. Kleber und Fugenmasse kaufe ich ihm aber keine ab!

Nachdem wir die Fliesen im Lager geholt haben, müssen wir wieder in die Stadt zurück. Wegen diesen zwölf Eiern. Weil sie sie in Aktion haben, nehmen wir 120!

Nun weiß meine Frau plötzlich, daß heute ein neues Geschäft eröffnet wird. Aha …

Nach zwei Stunden haben wir das meiste gesehen. Zur Eröffnung gibt es viel in Aktion. Gut, daß ich gestern zwei Kälber verkaufte.

Das Auto wird sehr voll, es drückt ihn hinten ganz schön hinein. Ich muß sogar den Rückspiegel neu einstellen …

Nach gemächlicher Fahrt kommen wir zum Glück ganz heim.

Als wir dann die Post durchsehen, stellen wir fest, daß wir nachmittags noch einmal fahren müssen. Es gibt Berg-Wander-Turn-Freizeit-Haus- und Sonntagsschuhe in Aktion. Auch ins Lagerhaus soll ich noch. Da haben sie durchgehend eine Futtermittelaktion. Wenn die Kühe gut Milch geben, danach eine Butteraktion …

So leben und fahren wir von einer Aktion zur anderen und freuen uns schon auf die nächste!

Das Geschenk

Heuer schenke ich meiner Frau zu Weihnachten etwas ganz anderes. Etwas Ausgefallenes. Nein, das würden Sie nie erraten – und meine Frau nie erwarten. Lange habe ich überlegt, ob es schon genau das sein soll. Aber genau das wird es werden!

Obwohl – die Anschaffung desselben macht mir noch ein wenig Kopfzerbrechen …

Es ist etwas zum Anziehen.

Man sieht es aber nicht … Ich schon – abends!

Es ist etwas für „Darunter".

Nein! Kein Höschen!

Weiter heroben … !

Es hält die beiden da …

Jetzt muß ich sowieso in die Stadt. Ich werde schauen, was sich machen läßt. Einfach hineingehen und ihn so einfach direkt verlangen – nein, das kann ich nicht!

Mit List werde ich vorgehen! Ich weiß auch schon, wie …

Die andere Sache habe ich bereits erledigt, also gehe ich ein bißchen schauen.

Aha, da wäre schon so ein Geschäft. „Antilope" oder so etwas Ähnliches steht oben. Ja, ja, sie haben diese Sachen auch ausgestellt, Schaufensterpuppen damit ein wenig bekleidet.

Soll ich hineingehen? Oder doch nicht?

Als Mann werde ich allein im Geschäft stehen. Alle werden mich beobachten …

Ob ich „ihr“ nicht doch Pelzstiefel kaufen soll? Aber solche hat „sie“ ja letztes Jahr gekriegt!

Da drücke ich die Tür auf und stehe drinnen. Eine Verkäuferin nimmt sich meiner an. Was ich suche, und ob sie mir helfen könne?

„Ein Unterleibchen für meine Frau … suche ich“, sage ich.

Sie haben eine große Auswahl. Wir finden eines. Und dann beginnt mein Plan aufzugehen …

Die Verkäuferin schlägt mir vor, um ein richtiges Weihnachtsgeschenk daraus zu machen, dazu noch

einen BH oder ein Höschen zu kaufen. Oder beides. Sie haben da auch so schöne Sets.

„Höschen", sage ich, „hat die Frau genug!" Und außerdem, denke ich, geht mir das auch zu sehr ins Geld.

Aber über das andere da, das sie soeben gesagt hat, darüber können wir reden. Dann zeigt sie sie mir. Mir wird direkt zu heiß. Gleichzeitig registriere ich, daß mich eine Frau verwundert anschaut. Noch ein paar kommen gerade bei der Tür herein. Alle bewegen sich in meine Richtung. Ich fühle mich nicht mehr wohl in meiner Haut. Aber einfach davonlaufen kann ich auch nicht …

Einige Frauen stehen hinter mir. Sie werden zu tuscheln beginnen; für einen Lustmolch werden sie mich halten. Ich spüre ihre stechenden Blicke in meinem Rücken.

Und wieder geht die Tür auf. Und wieder kommen Frauen herein, blicken herüber …

Ja, kommen die alle, um mich zu beobachten?

Ich beginne zu schwitzen, mein Kopf zu dröhnen …

Die Verkäuferin höre ich wegen der Größe fragen. Ich bewege mich aber schon auf die Kassa zu.

Wahrscheinlich habe ich das Leibchen noch bezahlt. Dann bin ich wieder im Freien.

Herrlich ist es im Freien. Ich hole ein paar Mal tief Luft. Es hat nicht mehr viel gefehlt, und mir wäre im Geschäft schwarz geworden – vor den Augen.

Ja, so kann es einem gehen …

Nun habe ich allerdings ein etwas mageres Geschenk für Weihnachten. Vielleicht aber fällt mir noch etwas dazu ein …

Weihnachtszeit

Nach der Adventzeit kommt jedes Jahr die Weihnachtszeit. Wir freuen uns meistens schon darauf. Die Frau hat tagelang Keks gebacken – und wir werden sie dann essen …

In der Weihnachtszeit leben wir auch sonst immer sehr gut.

Am Samstag haben wir Leute eingeladen, dann Fondue gegessen. Zwei Sorten Fleisch, Würstchen, Leberkäsestückchen und Käse haben wir eingetaucht. Dazu gibt es noch sechs Soßen beziehungsweise Zuspeisen, und einiges zu trinken.

„Sie" hat nachmittags schon alles hergerichtet. Deshalb bleibt ihr zuletzt auch noch Zeit, ein bißchen mitzuessen. Uns tut schon der Bauch weh. Weil es aber sehr gut ist, haben wir noch weitergegessen.

Nach schlechter Nacht sind wir am Sonntag wieder aufgestanden. „Sie" wird vormittag mit dem Abspülen und Verräumen des Geschirrs leicht fertig.

Nach dem Mittagessen will sie nun spazierengehen. Durch meine Überredungskunst haben wir bis zum Kaffeetrinken aber fernsehgeschaut.

Nach dem Abendessen sind wir bei Verwandten eingeladen. Es geht uns wieder sehr gut. Nach zwei Schüsseln selbstgebackenen Keksen kommt dann die richtige Jause. Sie haben auch viel Wein daheim. Weil er nichts kostet, haben wir nicht gespart.

Beim Hinausgehen bin ich etwas schwindlig, doch als ich das Auto lenke, wird es langsam besser.

Am Montag wollen wir dann früh schlafen gehen. Kurz davor kommt aber noch Besuch. Wir freuen uns natürlich riesig! Es wird wieder sehr spät, und wir haben nach den Keksen noch Kaffee und eine Kremtorte gegessen. Plötzlich entsteht in meinem Magen so ein komisches Gefühl, läßt mich etwas Schlimmes ahnen und zwingt mich, noch bevor ich die Tür erreiche, etwas Unschönes zu tun. Danach haben wir nicht mehr lange geplaudert.

So vergehen die Feiertage und schon bald haben wir wieder ein neues Jahr. Wahrscheinlich freuen wir uns nächstes Jahr auch wieder auf die besinnliche Weihnachtszeit.

Jahreswechsel

Früher ist der Jahreswechsel „einfach so“ vor sich gegangen. Heute wird er überall gefeiert.

Letztes Jahr haben auch wir ihn feierlich begangen. Schon einige Tage davor sind wir einkaufen gefahren. Zuerst kauften wir einmal Raketen und solches Zeug. Ich bin zwar sonst nicht so arg begeistert für dieses Schauspiel, aber die anderen lassen sie ja auch hinauf. Zwei Flaschen Sekt, drei Flaschen Wein und einen Nußlikör nahmen wir auch noch mit. Dann kauften wir noch Speck, Wurst, Käse und ein paar Spezereien. Endlich war es dann soweit.

Nach dem Abendessen am 31. Dezember ging die Feier los. Meine Frau hatte so ein Getränk, wo Früchte drin schwammen, hergerichtet. Die Gäste mögen es immer sehr gern, und auch uns schmeckt es gut. Diese große Schüssel voll – meine Frau glaubte zuerst, die Schüssel sei zu groß – hatten wir bald ausgeleert.

Dann kamen die selbstgebackenen Kekse an die Reihe. Dazu trinken wir ein Schnäpschen – die Frauen diesen süßen, wir einen richtigen. Und danach noch einen. Nebenbei haben wir fernsehgeschaut.

Um zehn Uhr ließen wir einmal ein paar Raketen steigen.

Dann gab es eine Jause. Ich holte zwei Bierkisten herauf. Früher hatten wir nie Bier im Haus – aber heute, bei diesem Wohlstand – wieviel wir unser Konto überzogen haben, braucht ja niemand zu wissen – lassen es auch wir uns gutgehen! Wir diskutierten viel, obwohl die Zunge immer schwerer wurde.

Um zwölf Uhr war es dann soweit.

Wir wünschten einander ein gutes neues Jahr. Dann zündeten wir die Raketen. Auch bei den Nachbarn ging es hoch her. Die Kanonenschläge dröhnten, die Raketen sprühten, und Knallfrösche hüpften umher – es war ein schauriges Schauspiel. Aber schön! Allerdings gehen dann im Frühjahr im Gras immer wieder diese Raketenteilchen her. Oder bleiben beim Füttern übrig. Die Kühe mögen solche Sachen nicht. Man muß das in Kauf nehmen, schließlich haben wir zuerst ja unser Vergnügen.

Weil uns langsam zu kalt wurde, gingen wir wieder hinein. Nun kam der Sekt dran.

Plötzlich wurde Theo sehr still und rutschte langsam vom Stuhl. Mathilde, seine Frau, wurde dagegen immer lustiger und wollte uns ein Lied vorsingen. Sie hat es aber nicht fertiggebracht.

Um halb zwei bemerkte Edi, daß ihm schlecht sei. Er wollte hinaus, weiter als bis zur Tür ist er aber nicht gekommen. Vielleicht hatte er am Vortag etwas Falsches gegessen? Meine Frau wollte schon beinahe jammern anfangen – wir haben vor 14 Tagen einen neuen Teppichboden gekriegt. Ich konnte sie aber wieder beruhigen: Wo gehobelt wird, da fliegen nun einmal die Späne!

Außerdem gibt es da so einen Schaum, den trägt man auf, wenn das Grobe verräumt ist – dann einwirken lassen – und absaugen. Damit kommt alles wieder in Ordnung.

Um zwei Uhr löste sich unsere nette Runde auf.

Ich weiß noch nicht genau, ob wir den heurigen Jahreswechsel auch wieder so feierlich begehen werden.

Hausball

Vor einiger Zeit sind wir Ball gegangen. Wir gehen jedes Jahr einmal Ball.

Zuerst hätte es sich aber bald noch gewehrt: Das Kleid meiner Frau war den Sommer über anscheinend eingegangen. Dann hat sie es doch noch drübergebracht.

Nun war ich an der Reihe. Es paßte alles, nur die Hose war etwas kurz. Beim Selbstbinder machte mir meine Frau noch einen wunderbaren „Knupf“, der meine Luftzufuhr allerdings erheblich einschränkte.

Dann sind wir abgefahren. Es schneite leicht. War aber nicht weit, und wir waren gleich da. Das Auto ließen wir vor dem Haus stehen, dann gingen wir hinein.

Es war nur mehr neben der Musik noch ein Platz frei.

Wir waren wohlgelaunt, hier würden wir alles gut hören, was sie spielen. Wir haben wirklich alles gut gehört!

Daraufhin bestellten wir etwas zu trinken und haben – Leute geschaut! Dann probierten wir einmal tanzen. Zweimal bin ich aber doch drausgekommen. Danach fingen wir gegen den Durst die zweite Flasche an.

Ich tanzte auch einmal mit einer Unbekannten. Danach gingen wir noch in die Schnapsbude.

Es war sehr eng, und wir saßen gar nicht weit auseinander. Nach dem zweiten Schnäpschen ließ ich mich einfach gehen und habe „Mäuschen" zu „ihr" gesagt! Nach einer Weile hat sie halblaut zu mir etwas gesagt. Ich verstand sie zwar nicht, habe aber sofort nein gesagt. Dann bezahlte ich …

Meine Frau hatte nun einen Hunger und bestellte sich ein Champignonschnitzel. Ich kaufte mir ein Debreziner – an mir sollte sich der Wirt nicht bereichern!

Die Zeit war bereits fortgeschritten, und einige Leute fingen schon zu wanken an. Wir gingen noch einmal tanzen. Der „Vogeltanz" hat uns den letzten Schweiß herausgetrieben.

Daraufhin haben wir – fast nüchtern, lustig und vergnügt – wieder die Heimfahrt angetreten.

Germkiachl

Geschätzte Jungvermählte, liebe anwesende Damen und Herren!

Zunächst will ich mich bedanken, daß Sie mir die Gelegenheit geben, heute vor einer so auserlesenen Schar über ein ganz aktuelles Thema zu sprechen. Ich will Sie nicht lange auf die Folter spannen, will mich kurz fassen und stelle meine Ausführungen unter das Motto „Der Germkiachl" oder „Die Liebe geht auch durch den Magen".

Nun – zunächst wollen wir einmal klären: „Was ist ein Germkiachl?"

Ein Germkiachl ist ein aus Mehl, Milch, Dotter und Salz bestehender Teig, der nach kurzer „Rast" zusammengeschlagen wird, danach wieder rasten darf, bevor er mit einem Löffel in Nockenform herausgestochen, mit beiden Händen in der Mitte gefaßt und so lange auseinandergezogen wird, bis er ein „Kiachl" ist, der in heißem Fett herausgebacken gehört!

Das, liebe Zuhörer, ist ein Germkiachl – in verschiedenen Gegenden auch „Nocke" oder „Nudel" genannt.

Die Eßgewohnheiten haben sich gegenüber früher ja grundlegend geändert. Man ernährt sich vornämlich von kleineren Sachen. „Dschiesbörger,

Hambörger, Hot Dogs ... Suppen à la Minüt" und so weiter. Alles muß schnell gehen. Man hat zum Essen, geschweige denn zum Kochen, kaum mehr Zeit.

Auch meidet man heutzutage schwerwiegende Sachen. Früher haben sie solche Speisen mit Vorliebe gegessen! Dafür sind auch alle, die früher gelebt haben – bis auf wenige Ausnahmen – gestorben.

Nun aber zurück zum Germkiachl – übrigens nicht zu verwechseln mit dem „Germknödel"! Ein Germknödel ist nämlich rund. Rund ist ein Germkiachl zwar auch, aber er ist anders rund. Ist es nicht auch unter uns Menschen oft so, daß manch einer ein wenig anders ist – und doch ist er ein Mensch! Aber er wird zur Seite geschoben. Weil er eben nicht so ist, wie alle anderen sind. Mancher ist auch sogar schon als „Germkiachl" bezeichnet worden.

Nun aber zur zweiten Frage: „Welchen Stellenwert hat der Germkiachl in der heutigen Zeit?"

Ich wage die Behauptung: einen sehr hohen! Leider wird das von vielen Menschen verkannt, sie messen dem Germkiachl kaum Bedeutung zu. Man siehe nur die hohe Scheidungsrate. Sie hängt – Sie werden es kaum glauben, aber Umfragen bestätigen dies –, sie hängt mit dem Germkiachl zusammen!

Führen wir uns den Werdegang eines Germkiachls daher einmal genau vor Augen:

Die Gattin – es kann auch die Verlobte oder Freundin sein, in der Regel ist es jedoch meist die Gattin – steht vor dem Nudelbrett und ist gerade dabei, den Teig zu bearbeiten. Womöglich sind ihre Gedanken schon ein paar Stunden voraus, und sie stellt sich im Geiste vor, der Kiachlteig sei ihr Gatte, den sie am Abend wieder einmal richtig durchkneten will. Von oben bis unten, und von unten bis oben.

Ist aber der Gatte schon daheim, hat seine Arbeit beendet, oder er arbeitet daheim oder arbeitet überhaupt nicht, so ist diese Zeremonie, das Entstehen eines Germkiachls, auch für ihn ein genüßliches Erlebnis. Nehmen wir an, er schaut schon beim Zubereiten zu. Seine Frau steht vor oder neben ihm, eine weiße Schürze umgebunden,und schlägt und knetet. 63 Prozent der Männer finden diese Arbeit erotisch, die Phantasie wird in Schwung gebracht, der Mann will auch kneten, allerdings nicht immer den Teig.

Jetzt lassen wir den Teig einmal rasten. Auch der Mann rastet. Die Frau würde auch gerne rasten, hat aber meistens keine Zeit dazu, bereitet die nächsten Schritte vor. Später dann, die Gattin ist jetzt dabei, die Germkiachl herauszubacken, schaut auch der Gatte wieder zu.

Die fertigen Germkiachl werden auf einen Teller, eine Schüssel oder in eine „Rein" gelegt. Der Gatte versucht, einen zu kosten, läßt es aber, durch einen strengen Blick der Gattin, oder weil er ihm noch zu heiß ist, doch wieder bleiben; gibt sich gelassen, so, als ob er es ganz leicht „derboaten" würde. In Wirklichkeit aber ist er sehr angespannt. Das Wasser läuft ihm bereits im Mund zusammen – er schluckt es hinunter.

Endlich ist die Gattin fertig, bestreut die Germkiachl mit Staubzucker, kommt mit ihnen näher. Den Gatten verwirrt der herrliche Duft aufs neue, seine Zunge bebt in genüßlicher Erwartung. Seine Frau setzt sich – Zeichen für ihn, sich auf die Germkiachl zu stürzen. Die Gattin gebietet aber nochmals Einhalt. Ob aus Frömmigkeit, Sadismus oder Liebe zum Gatten beginnt sie ein Tischgebet. Und steigert durch dieses neuerliche Hinauszögern das Verlangen des Mannes ins Unermeßliche. Obwohl seine Lippen beten, sehen seine Augen nicht Gott, sondern schöne, runde, warme, weiche, süße Germkiachl. Sein Geist bittet flehentlich, daß das Gebet enden möge, Speichel tropft von seinem Kinn. Endlich! Er hat es kaum wahrgenommen. Seine Frau ist schon beim Essen.

Langsam faßt er nun auch nach einem Germkiachl und beginnt, diesen mit zärtlicher Wildheit zu zermalmen. Der herrliche Geschmack bewirkt ein Hochgefühl in seinem Mund, seinem Körper, seinem Gehirn, es erfaßt jeden Zollbreit des Gatten.

Nach dem zweiten Germkiachl beginnt sein Kopf wieder klar zu werden, und sein Verstand sagt ihm, wem er diesen Genuß zu verdanken hat. Sein Blick wandert zur Gattin – seine Liebe zu ihr vertieft sich unendlich.

Geschätzte Damen und Herrn, ich glaube, Ihnen einen kleinen Einblick geboten zu haben, welchen Stellenwert ein Germkiachl in der heutigen Zeit hat – haben könnte, und noch für Generationen haben wird! Ich danke …

Riesentorlauf

Jedes Jahr im Winter findet das Schirennen statt. Es ist immer ein Riesentorlauf. Sie stecken ihn jedes Jahr neu.

Heuer fahre ich auch mit. Zeit habe ich – und Platz für einen Pokal auch. Man muß das Schifahren allerdings schon beherrschen. Sonst fährt man hintennach und bekommt auch keinen Preis mehr. Bei einem Rodelrennen ist es mir einmal so gegangen. Ich bin gar nicht heruntergelesen worden, obwohl ich auch Nenngeld bezahlt habe. Mit einem vorderen Platz habe ich allerdings gar nicht gerechnet – zwei haben mich überholt –, aber nicht einmal heruntergelesen zu werden, das ist hart.

Das Rennen ist um 14 Uhr.

Ich fahre schon auf 13 Uhr hinein. Man muß richtig warm sein zu so einem Ereignis. Schaue mir auch die Strecke an. Ganz oben ist es sehr steil und hart, weiter herunten, wo der Hang flach ist, wird auch die Strecke ebener. Und ganz herunten, der Schlußhang, na ja, man darf ihn nicht unterschätzen. Weil man am Schluß wahrscheinlich hübsch fertig ist, ist auch ein leichter Schlußhang nicht ungefährlich; und dann ist noch die Zieldurchfahrt. Sie ist ungefähr acht Meter breit. Ich werde schon durchtreffen.

Mit dem Schlepplift fahre ich wieder hinauf, andere auch. Oben melde ich mich an und bekomme auch schon die Startnummer. Es ist die Nummer 49. Also habe ich es nicht eilig und schaue den anderen zu. Nach einer großen Weile komme ich endlich dran. Die Startnummer muß ich mir noch umhängen. Das ist gar nicht so einfach – allein. Es ist auch nicht zu erkennen, wo vorne und hinten ist. Der Starter hilft mir aber zuletzt.

Dann geht es los: Eine Fahrt habe ich heute! Die Tore flitzen nur so an mir vorbei; die Wegkante nehme ich souverän – den Sprung auch. Ich sehe schon ins Ziel hinunter, plötzlich – verdammt – Au!!!

Ich stehe wieder, fahre schnell weiter. Alles tut mir weh! Zähne zusammenbeißen! Und weiter! Im Schlußhang wehrt es sich noch einmal. Ein Torrichter muß eine Stange halten – sie ist abgebrochen, und der Boden gefroren. Ich lasse mich dadurch irritieren und nehme sie von der falschen Seite, auch den Torrichter nehme ich mit. Weit unten halten wir beide auf. Ich weiß, daß ich nicht mehr gewinnen werde …

Auch ein Schistock ist abgebrochen. Man sagt mir, ich werde disqualifiziert werden! Disqualifiziert soll der Torrichter werden!

Danach gehe ich nicht zur Preisverteilung.

Daheim stellt meine Frau den Blumenstock wieder auf die Anrichte. Zuerst haben wir Platz gemacht – für den Pokal.

Ja, nicht alle Tage scheint die Sonne!

Eiszeit

Mein Name ist Wolf

(Ein Adventtag im Leben eines neunjährigen Buben im Jahre 2019)

4. Dezember 2019: Bin jetzt, um acht Uhr, aufgestanden. Meine Eltern schlafen noch, ich hole mir das Frühstück selbst.

Nun habe ich beim Frühstückomat den falschen Knopf gedrückt. Am Piepston erkenne ich den Fehler sofort. Jetzt drücke ich den grünen Knopf, der blaue ist für Vater. Den Teller habe ich schon vorher in die Vertiefung gestellt. Langsam tropft die hellbraune Masse auf die rechte Seite des Tellers. Nachdem 26 Milliliter – meine Mutter sagt, 26 Milliliter seien für mein Alter genau das Richtige – auf dem Teller sind, schließt sich das Ventil, und das linke öffnet sich. Nun fallen 18 Tropfen auf die linke Seite des Tellers. Diese Masse ist pinkfarben und etwas dicker. Es ist dies, wie meine Eltern sagen, etwas sehr Gesundes; schmeckt so ähnlich wie Brot. Brot gibt es heute nicht mehr zu kaufen, ich weiß aber noch, wie es ausgesehen hat. Als ich noch ganz klein gewesen bin, haben wir manchmal Brot gegessen. Dann ist es in dieser Form jedoch abgeschafft worden.

Nachdem ich mein Frühstück verzehrt habe und meine Eltern immer noch nicht aufgestanden sind, wird mir langsam langweilig. Ich setze das „Megaauge“ auf. Es ist kaum größer als eine Schibrille. Früher hat man in so einen kleinen oder größeren Kasten geschaut. Das haben sie dann „fernsehen“ genannt. Seit einigen Jahren gibt es nun diese Erfindung. Das Megaauge kann man überallhin mitnehmen, es ist nicht vom Strom abhängig. Fünf Sekunden nach dem Aufsetzen hat es schon Energie – durch die menschliche Wärme. Dann kann man aus 98 Programmen wählen.

Man hat das Gefühl, alles in einem großen Raum zu sehen. Später, der Film ist aus, frühstücken meine Eltern. Mutter braucht derzeit 38 Milliliter, Vater 42. Ich setze mich zu ihnen. Es wird über den Tagesablauf gesprochen.

Wir sitzen also alle beisammen. Es sind nur wir drei. Einige Familien bestehen aus vier Personen; einige ältere auch noch aus mehr Personen. Wir sind jedoch in der A-Gruppe. In der B-Gruppe dürfen – müssen – sie zwei Kinder haben.

Heute ist ein besonderer Tag. Unser diesjähriger Adventtag! Er besteht allerdings nur aus einer Adventstunde. Sie beginnt um 23 Uhr. Voriges Jahr ist sie um 22 Uhr gewesen. Früher, sagen die Eltern, ist der Advent ganz anders verlaufen. Es wird also gesprochen. Vater muß um zehn Uhr in die Stadt. Mein Vater arbeitet nämlich – in einer Roboterfirma! Nur mehr wenige Leute arbeiten heute noch; sie bekommen dafür aber jeden Monat auch einen Punkt mehr genehmigt als die Masse der Leute.

Um zehn muß auch Mutter in die Stadt. Sie hat heute ihren Gymnastiktag. Vater hat ihn übermorgen. Man muß aber auch noch daheim nach dem vorgegebenen Plan trainieren.

„Und du, Wolf“, sagt meine Mutter – ich heiße sonst Wolfgang, aber alle sagen Wolf zu mir – „du schaust dir inzwischen den Film über die Zusammensetzung des Mars an.“ Ich mag es sonst nicht gern, wenn mir meine Eltern Anweisungen geben, aber in Marskunde bin ich tatsächlich nicht der Beste. Zu Mittag werden wir dann erst gegen 14 Uhr essen.

Ich gehe also ins Wohnzimmer, setze mir das Megaauge auf und schaue mir den Film an. Die Ausführungen über die Marszusammensetzung sind eher langweilig, trotzdem schaue ich. Vielleicht deshalb, weil wir nächste Woche eine Prüfung in Marskunde haben. Jeden Tag ist Unterricht im Megaauge – von zehn bis zwölf Uhr. Richtigen Schulunterricht habe ich jeden Freitag von neun bis 13 Uhr. Letzten Herbst habe ich die große Prüfung nicht bestanden, deshalb brauche ich jetzt nicht soviel zu lernen. Allerdings kann ich dadurch später, sagt Vater, nie mehr in die höhere Einkommensstufe kommen.

Zehn Minuten vor 14 Uhr treffen meine Eltern ein, und wir fahren zum Mittagessen …

Es ist nicht weit zu dem Gebäude, wo wir zu Mittag essen. Hier essen wir immer zu Mittag! Vater steckt beim Eingang sein Kärtchen in den Schlitz, dann warten wir. Man muß fast jeden Tag etwas warten. Entweder brauchen die Leute, die um 13 Uhr essen, etwas länger, oder es fällt – wie schon öfters – ein Computer aus, was den ganzen Ablauf dann verzögert. Doch wir haben ja genug Zeit …

Da die Leute vor uns jetzt gegessen haben, jedenfalls blinkt unsere Nummer auf, nimmt Mutter ein Tablett und geht zur Ausgabestelle. Sie steckt unser

Kärtchen in den Schlitz und stellt das Tablett auf die markierte Stelle. Ich bin schon neugierig, was es heute zu essen gibt. Es wird „Bananenbrei in Nußlikör". Auf meinen Teil des Tabletts tropft statt des Likörs Kiwisaft.

Dann setzen wir uns in die Speisehalle. Früher habe ich immer Angst gehabt unter so vielen Leuten. Obwohl jede Familie ihren eigenen, numerierten Platz hat, der noch dazu von allen Seiten durch eine Wand geschützt ist. Trotzdem ist es ein komisches Gefühl, wenn 1000 Leute anwesend sind. Vater hat mir einmal erklärt, daß, als er noch jung gewesen ist, alles ganz anders abgelaufen ist. Da haben die Leute noch daheim gekocht und gegessen. Aber heute ist das viel einfacher und hygienischer. Das Geschirr und die Tischfolie – alles wird nur einmal verwendet, danach vernichtet. Es kann also keine Krankheit übertragen werden. Das Besteck muß danach sogar aufgegessen werden; es schmeckt nach nichts, enthält aber wichtige Aufbaustoffe und ist ein wenig knusprig. Das ist gut für unsere Zähne.

Und was meine Eltern besonders schätzen: Jede Mahlzeit enthält jeden Tag genau das Richtige für uns! Wir müssen zweimal jährlich zu einer Untersuchung in die Stadt, wo wir dann angeschaut und gewogen werden. Nach den Ergebnissen, sagt Vater, stellt der Computer dann unseren Speiseplan zusammen.

Nun haben wir gegessen. Mutter holt die Nachspeise. Die gibt es erst seit einigen Jahren. Es ist schon im richtigen Essen alles enthalten, was wir brauchen, aber die Leute sind es von früher her gewohnt, eine Nachspeise zu essen. Und es vergeht auch mehr Zeit, bis man fertig gegessen hat ... Die Nachspeise ist in einer kleinen Kugel, die man selbst öffnen darf. Heute sind Heidelbeeren drin. Für Vater fünf, für Mutter vier, und für mich zwei. Meine Großmutter, es gibt sie nicht mehr, erzählte mir einmal, sie habe Heidelbeeren noch selbst im Wald gepflückt. Heute enthalten sie jedoch zu viele Schadstoffe – das Ozon, die Abgase, und dann noch diese Katastrophe ...

Die ganzen Einschränkungen und Umstellungen sind, so haben wir in der Schule gelernt, knapp nach der Jahrtausendwende geschehen. Meine Eltern sagen, das sei eine harte Zeit gewesen. Aber so hat es auch nicht mehr weitergehen können. Die Leute haben den Wohlstand nicht vertragen, haben nicht mehr arbeiten, nur noch feiern wollen, sind dem Alkohol, Rauschgift und Seuchen verfallen. Andere, die sich normal verhalten haben, sind zu Außenseitern geworden. Die Medien, sagt Vater, haben immer nur von Schlechtem berichtet, was die Leute nur noch mutloser gemacht hat. Viele haben nicht mehr leben wollen. Andere Leute sind immer gieriger geworden und haben auch keine Gesetze mehr eingehalten. Die Erde ist ausgebeutet worden, als ob es keine Zukunft mehr geben würde. Sogar Kinder haben sich kaum mehr bändigen lassen, haben Menschen umgebracht, ohne dabei etwas schlechtes zu denken.

Dann hat sich aber eine neue Regierung gebildet und krasse Methoden angewendet. Langsam haben die Leute angefangen, die Gesetze wieder zu achten. Die Gesetze sind streng, auch die Umwelt betreffend. Mein Vater gibt heute zu, daß es vielleicht doch so besser ist. Sonst würden wir womöglich mit einer Gasmaske leben müssen. – Wir sind mit der Nachspeise fertig, also fahren wir nach Hause.

Auch das haben wir in der Schule gelernt, daß sie früher ganz andere Dinge zum Fahren gehabt haben. Es ist so eine Art Blechkasten gewesen, mit einem Benzin- oder Dieselmotor. Auch sollen diese sogenannten „Autos" alle möglichen Formen und Farben gehabt haben – und vier Räder. Unser „Mobi" hat drei Räder und fährt mit Solarenergie. Man hört fast gar nichts.

Als wir daheim sind, wissen wir kaum, was tun. Die Leute haben sehr viel Freizeit. Fast alle Arbeit verrichten die Roboter und Computer. Bis vor zwei Jahren hat mein Vater monatlich einen gewissen Betrag Geld bekommen. Jeder bekam Geld! Dann ist aber alles umgestellt und vereinfacht worden. Jetzt hat jede Familie ihr Kärtchen, mit dem sie bezahlt. Darin ist genau berechnet und programmiert, daß man einen ganzen Monat das Mittagessen, zwei Kartuschen Frühstücksmasse, die Vitaltabletten für die Abendjause, einen Friseurbesuch, einen Zoo- oder Konzertbesuch, zwei Paar Socken, Unterwäsche und ein anderes Kleidungsstück bekommt. Leute, die arbeiten, haben auf dem Kärtchen noch ein Plus. Dafür kann man sich zum Beispiel ein Buch oder sonst eine Kleinigkeit kaufen …

Weil uns also langweilig ist, beschließen wir, in den Zoo zu fahren. Ich fahre gerne in den Zoo. Da sieht man alle möglichen Arten von Tieren. Vater bleibt oft lange vor dem Gehege der Kühe stehen. Er sagt, in jungen Jahren habe er selber noch Kühe gehalten. Es sind dies eher große Tiere mit großen Augen und zwei Hörnern. Die haben Milch gegeben. Ich weiß nicht, wo heute die Milch herkommt. Oder vielleicht braucht man heute gar keine Milch mehr. Oder ist sie schon in der Frühstücksmasse verarbeitet? Zum Trinken gibt es sie jedenfalls nicht mehr. Wir sehen auch Schafe und Hühner und Ziegen im Zoo.

Als es Abend wird, fahren wir wieder heim. Um 19 Uhr essen wir immer zu Abend. Daheim! Ich bekomme diesen Monat jeden Abend mein Radieschen und die gelbe Tablette. Meine Eltern jeweils eine Tomate und ihre Tablette. Radieschen, Tomaten, auch anderes Gemüse, wachsen heute nicht mehr im Freien. Wachsen würde wahrscheinlich schon alles, aber man darf es nicht essen. Es könnte uns nicht gut bekommen. Zurück zu den zulässigen Grenzwerten geht es nur langsam ...

Dafür gibt es, sagt Vater, riesige, unterirdische Produktionsanlagen, wo alles künstlich wachsen kann. Diese dürfen jedoch niemals und von niemandem besichtigt werden. Früher, das sagt meine Mutter, ist überhaupt viel mehr gegessen worden. Da haben die Leute diese Tabletten jedoch noch nicht gekannt. Mutter nimmt jeden Tag eine grüne, Vater eine blaue.

Es geht uns also sehr gut. Und doch sind viele Leute unzufrieden. Wissen nicht, was sie tun sollen. Wofür sie überhaupt da sind, wollen das „Goldene Jahr" nicht mehr beanspruchen. Zuerst habe ich nicht gewußt, was das „Goldene Jahr" ist. Jetzt weiß ich es. Früher, habe ich gehört, sind die Leute oft verschieden alt geworden und haben der Regierung viel Geld gekostet. Heute bekommt jeder ab einem gewissen Lebensjahr noch das „Goldene Jahr" geschenkt. Das berechtigt sie dann, jede Veranstaltung, jedes Vergnügen gratis zu besuchen.

Viele überleben das „Goldene Jahr“ gar nicht. Die restlichen bekommen die „schwarze Tablette“ verschrieben.

Nach dem Abendessen schaut jeder in sein Megaauge. Um 23 Uhr ist dann unsere Adventstunde. Ich freue mich schon darauf. Da kommen zwei als Hirten verkleidete Männer und singen schöne melancholische Lieder. Vater und Mutter bekommen einen ganz verklärten Blick und haben fast Tränen in den Augen. Danach kriegen wir Kekse. Vater drei, Mutter zwei, und ich auch zwei.

Diese Adventstunde muß man bestellen. Bei der Firma „Hatt und Co.“. Kostet, glaube ich, viel Geld.

Jetzt ist es 21 Uhr. Es dauert also nicht mehr lang. Ich freue mich sehr darauf …